contents

イラスト／ことね壱花

ご主人さまはご機嫌ななめ

イケメン侯爵と逃亡花嫁の甘ふわ蜜愛♡

プロローグ

遠い空から、黒い雲がやってくる。

頭上の丸い月がゆっくりと雲に覆われていくのを、マリーベル・フォルトナーは見つめていた。

宵闇に、月と同じ色の金色の髪が躍る。長く伸ばした髪は、母譲りだった。

その日、母の葬列が行われた。

まだ十歳になったばかりのマリーベルにとって、母の存在はあまりに大きすぎる。喪失はあまりに突然で、少女は悲しみを吐露する方法さえ知らぬままに、屋敷を抜け出してひとりで森の近くまで歩いてきた。

両頬には、涙のあとが残っている。

金糸の髪には黒いリボンが風に揺れ、墨色のドレスの裾がふわりと広がった。

「……お母さま」

いつも抱きしめてくれたあの腕はもうない。棺におさめられ、母は土に埋められたのだ。

幼いマリーベルにとって、これが初めて出席した葬列だった。

四歳上の兄は、参列者に行儀よく挨拶をしていたけれど、それに倣うことはできなくて。

ただ、ずっとうつむいていた。

不慮の事故で母を失い、その理不尽さに怒りさえ覚えていた。

――どうしてお母さまが死なくてはいけないの？　あんなに優しくて、あんなにステキなお母さまが……

普段は近づいてはいけないと言われていた、屋敷の裏の森。そのすぐそばまで来て、マリーベルははらはらと涙を流す。

屋敷のほうから「お嬢さま、マリーベルお嬢さま！」と侍女たちの声が聞こえるのを知りながら、マリーベルはその場にしゃがみ込んだ。

エメラルドグリーンの瞳を、涙の膜が覆っている。

わかっていた。

泣いても喚《わめ》いても、母は戻らない。

今の自分は、侍女を心配させないよう屋敷に戻るべきなのだと。

それでも、マリーベルは立ち上がることさえできずに両手で顔を覆う。

母の死は、あまりに唐突だった。

街へ買い物に出た帰り、馬車の事故に巻き込まれて腹部を強く打ち、帰宅したときにはもう冷たくなっていたのだ。

「お、お母さま、寂しいよ、いやだよ……」

母に抱きしめられると、いつも乳香が甘く香った。父からの贈り物だと聞いていた。もう、あの香りはどこにもない。

悲しいことがあっても、つらいことがあっても、もう二度と母は抱きしめてくれない――どれくらい、泣いていたのだろう。

不意に森の奥から、野犬の遠吠《とおぼ》えが聞こえてきた。

空に輝いていたはずの月が、いつしか雲で完全に隠れている。

次第に闇が濃くなり、背筋が冷たくなってくるのを感じて、マリーベルはあたりを見回す。

――野犬……そうだ、森には野犬がいるから危ないってお父さまが言っていたんだわ。

しかし、か細い両足はガクガクと震えるばかりで、立ち上がることもままならない。

屋敷へ戻らなくては。

けれど、月明かりを失って帰り道は黒い闇の中――

なんとか立ち上がると同時に、暗がりの中にひときわ濃い影が落ちた。

「っっ……！」

悲鳴をあげそうになって、マリーベルは両手で口を覆う。

夜行性の動物は、音に敏感だ。

「ああ、やっと見つけたよ。フォルトナーのお嬢さん」

しかし、聞こえてきたのは若い男性の声だった。おそろしい野犬でもなければ、目の光る獰《どう》猛《もう》な鳥でもない。人間の男。

「あ、あの……あなたは……」

おそるおそる顔を上げると、そこには黒衣の男性がひとり立っている。

葬儀の参列者なのだろうか。黒いフロックコートに、黒の手袋をつけ、黒髪を軽くかきあげる姿は闇の眷属《けんぞく》にさえ思えた。

黒ずくめの衣装に、アイスブルーの瞳だけが鮮やかな色を印象づける。

だが、それは決しておそろしいものではなかった。彼は、とても優しい目をしていたから。

「マリーベルお嬢さんと呼んだほうが、馴染《なじ》みがあるか？」

「わ、わたしはマリーベル・フォルトナーです。あなたはどこのどなた？」

爵位こそないものの、フォルトナー家は国内屈指の富豪だ。

マリーベルが、フォルトナー家の令嬢として教育を受けてきた結果、このような口調になるのもおかしな話ではない。

「俺はデレック・エドモンド。まあ、ナイトレイ侯爵の息子と言ったほうが話が早いだろうが」

「こっ、侯爵さまの……⁉」

上品な相貌と、それに似合わない粗野な甘さを兼ね備えた男は、驚いた少女に笑いかける。

「別段、驚くことでもないだろう。父の名代で、本日はフォルトナー家の葬儀に参列したというだけだ」

目上の相手を前に、マリーベルは一度唇を引き結ぶ。

ほんとうは、言いたくない。

父と兄が、今日何度も繰り返した言葉を自分も今こそ言わねばならないのだと知っていた。

「……母の、葬儀にご列席くださり、まことにありがとうございま――」

言い終える直前、彼はマリーベルを片手で小脇に抱きかかえる。

「なっ、何をなさるのですかっ」

「言いたくないことは、無理にいわなくていい」

長い脚が、草原を大股に歩き始めた。

「母親を喪《うしな》った子どもが、なぜ礼など言わねばならない？　きみは、まだ十歳にもならないのではないか？」

「……十歳です。だからといって、マリーベルを子ども扱いなさらないでください。これでも、きちんと商家の娘に恥じない教育を……」

「教育？　バカなことを言う。どこの誰が、母親を亡くしたときに泣くななんて教えるんだ」

今まで、マリーベルが出会ったことのあるどの大人ともデレックは違っていた。

人前で涙を流すなんて、品のないことだ。

十歳にもなったのだから、礼節をわきまえて行動するように。

大人は皆、そう教えてくれた。

――だけど、この人は違う。

「いいか。赤ん坊のしごとは泣くことだ。子どものしごとは遊ぶことだ。そして、大人になるにつれて感情を殺すことを余儀なくされる以前に、泣いて笑って怒って、自分という存在の心をしっかりと知っておかなければいけない」

屋敷へ向かって歩くデレックは、当たり前のことのようにそう言った。

「でもな、今はそんなことどうでもいい」

「え……？」

「大切な人を亡くして悲しくない人間なんて、いるわけがないだろう。まして、母親を亡くしたんだ。参列者に礼を言うより、素直に泣け。そして、愛する母を送ってやればいい」

「……な、泣いては駄目だと……」

大好きだった母。

マリーベルが泣いていては、母が心配して心安らかに眠れない、と侍女たちは言い聞かせた。

だから、誰の目にもつかないよう、普段は禁じられている森の入り口まできてひっそり泣いていたというのに――

「心は誰かに禁じられて止められるようなものじゃないさ。泣きたければ泣けばいい。それを無理にこらえていたら、いつか心が死んでしまう」

屋敷の侍女たちが、マリーベルを探す声が近づいたところで、デレックは少女を地面に下ろした。

「小さなレディになるより、母を想《おも》う子どもでいていけないなんて理屈はないよ」

片膝をつき、彼は白いハンカチを差し出してくる。

じわりじわりと、目の奥から心が溶け出してくるのを感じていた。

ハンカチを受け取る余裕さえなく、マリーベルは下唇をわななかせる。

「お、お母さまは、とっても優しくて、いつだってマリーベルのことを抱きしめてくれて……」

大きな目から、ポロポロと涙の粒がころがった。

「そうか。すばらしい母だったのだな」

デレックは、長い指でマリーベルの頭を撫《な》でる。

「世界でいちばん、大好きなお母さまだったの。今だって、大好きなのに、どうして……っ」

わっと泣き崩れたマリーベルを、侯爵家の青年が両腕で抱きしめてくれた。

「いやだ、お母さまが死ぬなんていやだよ、もっと一緒にいたいのに、ずっとずっと、一緒にいてほしかったのに……」

「そうだな。愛する母を亡くすなんて信じたくないだろう」

耳元で聞こえるデレックの声は、どこか遠い世界から聞こえてくるように不思議な響きがある。

深い悲しみと、広がる優しさ。

そのどちらも感じさせる声に、マリーベルはただの子どもに戻って泣き続けた。

泣いて泣いて、泣きぬれて。

彼のフロックコートを涙と鼻水でぐしゃぐしゃにしてしまったけれど、デレックは怒るどころか何も言わずにうなずいた。

「あ、あの、ごめんなさい……」

さらに、彼からわたされたハンカチで目元を拭うマリーベルは、なんともバツが悪い。

見知らぬ貴族の前で泣いてしまうだなんて、父が知ったらがっかりするだろう。

「気にするな。服は洗えばいい。生きていくということは、そういうことだ」

その後、マリーベルはデレックに連れられて屋敷へ戻った。

侍女たちは幼いマリーベルを急いで寝室へ連れていき、父が背後でデレックに礼を言う声が聞こえていた。

——ナイトレイ侯爵家の、デレックさま……

明るいところで、もう一度あの方に会いたい。

そしてきちんとお礼を言いたい。

参列者は今夜、屋敷に泊ってもらうことになっている。ならば、明日、目覚めてからデレックに——

ところが、泣きつかれたマリーベルはその夜、高熱を出した。朝になっても熱は下がらず、参列者を見送るどころか寝台から起き上がることさえできなかった。

幼い心に残るのは、いちばん悲しかった夜に誰より優しい言葉をくれた、あの人——

第一章　笑わない侯爵と偽メイド

「ジョスリン、それはほんとうなの⁉」

十七歳になったマリーベル・フォルトナーは、自室の長椅子に座って目を瞠《みは》る。

カセンブラ王国きっての商家フォルトナー家。父の商売が成功しているため、フォルトナー家は何かと市井で話題になりがちだ。

兄のセオドアは、社交界でも噂《うわさ》の美青年で、女性たちからサロンへの招待状が連日届くプレイボーイ。

一方、妹のマリーベルは社交界デビュー前から、縁談が持ち込まれるほどの美少女である。兄妹そろって、母譲りの美しい金髪。マリーベルは、白磁の肌に大きなエメラルドグリーンの瞳が愛らしいと、幼いころから言われていた。

けれど、そんなマリーベルを父は社交界デビューさせることも、かといって縁談を受けることも乗り気ではない。

祖父の代からフォルトナー商会を継いだ父には、野心があった。マリーベルを貴族に嫁がせ、貴族家と姻族になることだ。

――油断していたわ……！

侍女であり親友でもあるジョスリンの報告に、マリーベルはきゅっと眉根を寄せる。

「ええ、ほんとうです。ご主人さまは、たいそうお喜びのご様子でいらっしゃいました」

それは、秋も深まりはじめた季節。

王都から離れたフォルトナー家に、インディガー子爵夫人が来訪したことからはじまった。

ご年配の子爵夫人がわざわざ屋敷へ訪れるだなんて、兄か自分への縁談ではないかとマリーベルは最初から気づいていた。

だが、そうはいっても父は簡単にマリーベルを嫁がせるはずがない。なんとかして貴族との縁談をまとめたいと考えていることを、マリーベルは幼いころから聞かされて育ったのだ。

「これほどのご縁はないと、子爵夫人にお礼をおっしゃっていらっしゃるのを聞きましたわ」

ジョスリンの言葉に、いっそう悩ましい気持ちになる。

「……では、お相手はどちらかの貴族ということね」

「そこまでは存じません。ですが、お嬢さまよりずっとお年上の殿方のように感じました」

マリーベルには、七年前から心に決めた相手がいた。

たった一度、母の葬儀の夜に会った人。

彼は翌年、侯爵だった父を亡くして襲爵し、ナイトレイ侯爵となった。デレック・エドモンドという青年である。

　調べたところによれば、デレックは二十九歳になる今も独身で、あまり社交界に顔を出さないらしい。

　だが、だからこそマリーベルは自身の社交界デビューを心待ちにしていた。そうした場でなければ、彼と再会する機会はない。

　――もちろん、あまり舞踏会や音楽会に参加されないとは聞いていたけれど、それでもどこかでお会いできると思っていたのに……

　長らく想い続けた相手との再会すらかなわぬまま、父の決めた相手と結婚することになるだなんて想像もしなかった。

　少なくとも、社交界デビューするまでは安泰だと思っていたのだ。

「わたし、いやよ」

「お嬢さま？」

「絶対にいやよ！　せめて、あの方にもう一度お会いするまでは、絶対に結婚なんてしないわ」

　愛らしい外見のせいで、マリーベルはおとなしい少女だと思われるきらいがある。実際、あまり体が丈夫でないこともあって、季節の変わり目にはいつも熱を出す。

　噂は尾ひれと背びれをつけて、どこぞで大きく膨らんでいった。

いわく、フォルトナー家のご令嬢は、月光を紡いだ金糸の髪を持つ、儚《はかな》げなか弱き美少女である、と――

「お言葉をお慎みくださいませ、お嬢さま」

今年十九歳になる侍女は、マリーベルにとって唯一の友人だ。

そのジョスリンからたしなめられ、マリーベルは赤い唇をとがらせる。

「だって、いやなものはいやなんですもの。どうしたらその縁談を破談にできるかしら。お父さまが話を進める前に、なんとかしなくてはいけないわ」

「そんなことはできません。お嬢さまは、フォルトナー家のご令嬢なのですよ」

――わかっているわ。

浮名を流す兄とて、父の承諾なしには結婚できない。父は、セオドアの結婚相手もできれば名家の令嬢を所望していると聞く。

「……だったら、せめてもう一度」

「お嬢さま？」

「もう一度、あの方に会いたい。デレックさまに会って、お声を聞いて、あの笑顔を見たら、諦めもつくかもしれないもの」

マリーベルは、両手で侍女の手をつかんだ。

「ジョスリン、あなたならわかってくれるわよね？」

「お、お待ちくださいそれは──」

「協力してちょうだい。わたしが、デレックさまと再会するために！」

きらきらと輝くエメラルドグリーンの瞳に、マリーベルは最後の希望をにじませる。

侯爵となった彼と結婚したいだなんて、そんな高望みはしない。

ただ、もう一度。

もう一度だけ、彼に会いたいのだ。

耳の奥に残る、優しい声。

誰かに決めつけられる礼節より、心のあり方を大切にする愛情深い人格。

彼ともう一度会って、あの笑顔を見ることができるなら、それだけでかまわない。

──そうしたら、お父さまのためにどこぞのお腹《なか》の出たお貴族さまと結婚したってかまわないわ。

令嬢といえど、マリーベルは貴族ではない。

だからこそ、現実を見る目を持っていた。

爵位を持つ家柄ならば、たとえいかに裕福といえども商家の娘を妻に求めるはずがない。相場に手を出し困窮している貧乏貴族か、あるいは妻を亡くして後添えに若い娘を望む脂ぎった中年貴族か。

それでも、父が選んだ相手に嫁ぐことはこの家に生まれたマリーベルの運命だ。

それを否定するつもりはない。父の名や家名に泥を塗るつもりとて毛頭ない。

「……会いたいの。そして、あの夜のお礼を伝えたいの。ただ、それだけだから……」

マリーベルの懇願に、ジョスリンは小さくため息をついて首肯した。

「お嬢さまにはかないませんわ」

「ジョスリン、それじゃあ……」

「ええ、ご協力させていただきます。ですが、そのせいでわたしが仕事を失ったら、どうぞ次の職場を紹介してくださいましね？」

「ええ、ええ、もちろん。そんなことにならないよう、入念に準備するわ！」

かくして、マリーベル・フォルトナーは初恋の青年貴族と再会を果たすため、策を練ることになった。

† † †

ナイトレイ侯爵邸は、王都の西に位置する。

隣国との境界にある領地は、国いちばんの葡萄《ぶどう》の産地として名高い。

そのため、デレック・エドモンドは幼いころから父とともに葡萄棚の見回りに出かけることが多かった。

しかし、それもずいぶん昔のことに思える。

二十九歳になったデレックは、領地の見回りを部下に任せ、屋敷にこもることが増えた。

かつては好きだった遠乗りにも出かけない。狩猟もせず、華やかな場所へ出向くことも嫌う。

巷《ちまた》では、人嫌いだの変人侯爵だのと噂されているらしいが、そんなこともどうでもよかった。

尊敬していた父は、思っていたような立派な人物ではなかったと知った、二十三歳の冬。

それから少しずつ、デレックは心を閉ざしていった。

伸ばした黒髪が肩に届き、日光に弱い色素の薄い瞳のせいで屋敷にこもりきりとあっては、ひそかに吸血鬼と噂されることさえある。

だが、年に一カ月。

デレックは領地を離れて、王都で暮らすことを余儀なくされる時期があった。

カセンブラ王国の貴族は、秋から冬に変わる一カ月を、王都にある別邸で過ごす。

――今年もまた、その時期が近づいてきてしまった。

辺境の地に暮らす者は、王都での華やかな日々を好むと聞くが、デレックにとっては憂鬱な一カ月だ。

望まない社交の場も、王族との謁見も、侯爵として果たすべき義務だとわかっている。最低限、己のこなすべきことをこなし、領民たちの暮らしに影響が出ないよう、尽力しているつもりだ。

それでも。

王都での一カ月は、気が滅入《めい》る。

人嫌いと噂されていても、デレックは生まれながらの美しい顔立ちをしているせいで、静かに過ごすこともできない。

七歳のときに、流行病で命を落とした母とよく似ていると、父は生前よく言っていたものだ。艶のある黒髪に、秀でた額。精悍《せいかん》な輪郭と、すっと通った鼻筋。そして何より印象的だと言われるのは、アイスブルーの瞳だった。

変人扱いされてなお、彼は舞踏会に出向くたび女性に囲まれることになる。

ダンスのひとつも踊りたくなどないというのに、貴婦人たちは自分を放っておいてくれない。かといって、人付き合いをおろそかにしすぎれば、のちに厄介事が降りかかるのも目に見えていた。

領地にいるときだけが、静寂を保っていられる時間だったが、最近ではここまで縁談を持ち込んでくる者までいるほどだ。

居室でため息をつくデレックの耳に、控えめなノックの音が聞こえてくる。

「入れ」

「あの、ご主人さま……」

顔を出したのは、老執事のアゾルだった。

「どうした、アゾル」

「先日より、使用人の間で流感に似た症状が発生しておりました件ですが」

十日ほど前から、ナイトレイ侯爵邸の使用人たちは体調を崩す者が増えていた。デレックは、人嫌いと揶揄《やゆ》されることはあれど自分の屋敷で働く者たちを大切にする気持ちはある。

当然、近くの医者を呼び、診察をしてもらっていた。

医者の助言に従い、隔離できる個室も与えていたのだが――

「侍女が二名亡くなりました。先刻、ガーシュイン医師に来てもらいましたが、流行病の可能性が高いとのことです」

「なんだと……!?」

デレック自身、母親を流行病で亡くしている。その恐ろしさは知っているつもりだった。

「すぐにガーシュイン医師にこちらへ来てもらえ。今後の対策について話し合う」

「ですが、ご主人さま、医師は患者と直接接しております。ご主人さまがお会いになるのは危険でございます」

「だからといって、放っておくわけにはいかん」

病状によっては、入院が必要な者もいるだろう。看病にあたる者が、病に罹患《りかん》する可能性もある。

「必要なものはすべて手配するように。また、使用人の家族親族で同様の病状の者がいれば、皆面倒を見ると通達しろ」

「かしこまりました」

家族は、誰もいない。

だからこそ、この屋敷で働く者たちを大切にしたいとデレックは思っている。

母と同じ、流行病で命をむざむざと落とさせるわけにはいかない。ならば、今自分にできることは——

† † †

フォルトナー家の二階にある、家長の書斎で、マリーベルは父の話が始まったとたんに、にっこりと微笑《ほほえ》んでみせた。

「マリーベル、その笑顔はこの縁談を喜んでくれているということか？」

愛娘《まなむすめ》の可憐《かれん》な笑みにつられて、父もまた目尻を下げる。

「ええ、お父さまがわたしのためを思って選んでくださったのでしたら、それが正しい結婚なのでしょう」

そうはいうものの、マリーベル自身が破談を望んだところで、父が聞き入れないのは火を見るより明らかだ。

だから、マリーベルは策を練った。

最初から結婚に否定的な態度をとれば、父は警戒して娘の外出を禁ずるかもしれない。そうなってからあの人に会いに行くのは困難である。

ならば、おとなしく納得した顔をして、時間を稼いだほうがいい。

「ですが、急な縁談でまだ心が落ち着きません」

「そうかそうか。しばらくはゆっくり過ごすがいい。結婚式のドレスや新居に持っていく調度品などを準備している間に、気持ちも固まるというもの」

油断しきった父を騙《だま》すことに、申し訳ないという気持ちとて持ち合わせている。それでも、マリーベルは初恋の相手に会いたかった。

この結婚からは、きっと逃げられない。

だからこそ、最後に一度だけでいいから恋しく想う男の顔を見ておきたいと願う。

「少し、気を落ち着かせるためにも別荘で過ごしたく思うのです」

カセンブラ王国きっての商家であるフォルトナー家は、国内国外あわせて四箇所に別荘を所有している。並の貴族より、よほど財産があるのだ。

「それに、最近は少し体調がすぐれなくて。静かなロイデル地方の別荘に行って、ジョスリンとふたりでのんびりしようかと」

屋敷から出ることの少ないマリーベルが、侍女のジョスリンを唯一の友と慕っていることを、当然父も知っている。

また、ジョスリンが若いながらも仕事のできる人間だという事実は、屋敷内の誰もが知るところだ。

「なんと、体調がすぐれないというのは問題だ。ならば、侍女とふたりなどと言わずに医者も連れていったほうが――」

「いいえ、ジョスリンとふたりがいいんですの。だって、男性のお医者さまを連れて別荘へ行ったりしては、旦那さまになる方がおかしな誤解をなさるかもしれませんもの」

機転を利かせたマリーベルの言葉に、父は「それもそうではあるな」と首肯する。

商売においては有能な父も、娘を前にすると少々親ばかのきらいがあった。

「だが、たったふたりでは危険だろう」

「もちろん、道中は馬車を使いますし、ほかの者にも手を貸してもらうことにはなります」

「かわいいマリーベルよ。おまえがそう言うのなら、ロイデルの別荘を掃除しておくよう、管理人に連絡をつけておこう。結婚前に、羽根を伸ばして体調を万全に整えてくるといい」

「まあ、ありがとう、お父さま」

嬉《うれ》しそうに両手を胸の前で組み合わせる娘が、心の中でほくそ笑んでいることなど父は知らない。知られては困る。

——これで、第一段階は解決したわ。

ロイデル地方は、王都にもっとも近い別荘のある場所だ。

ほんとうならば、王都にある別邸を利用したいところだが、これからの季節は社交界があるため、父も別邸に滞在することになる。それに、社交界デビューをしていないマリーベルが、王都に滞在したいなどといえば父も警戒するかもしれない。

社交界の季節ということは、貴族は皆、王都に集結する。

——ロイデルの別荘からならば、馬車で半刻もかからずに王都まで移動できる。あとはジョスリンにナイトレイ侯爵の王都での屋敷を調べてもらえば……。

七年前、たった一度だけ会ったあの優しい人にもう一度会える。

——デレックさま、今はどうしていらっしゃるのかしら。ご結婚はしていないはずだけれど、あれから七年も過ぎたんですもの。きっと、よりいっそうステキな方になっていらっしゃるわ！

夢見るような笑みを浮かべたマリーベルに、父は満足げにうなずいていた。令嬢が、これから何をする気なのかなど毛頭知らずに——

† † †

しばし別荘で過ごすと言ったマリーベルに、兄のセオドアは憂い顔を向けた。

「マリーベル、ほんとうにロイデルへ行くのかな？」

父より兄のほうが、マリーベルの気性をよく知っている。

四歳上の兄は、父の決めた結婚を殊勝に受け入れるマリーベルではないことを把握しているのだろう。

「ええ、もちろん。ジョスリンと一緒に、結婚準備で忙しくなる前にゆっくりしてくるのよ」

「結婚準備って、お相手はかなりの資産があるはずだ。マリーベルが準備することなど、ほとんどないだろうに」

「だ、だって、ドレスの生地選びや採寸があるでしょう？　わたし、たくさんの人に囲まれているとすぐに疲れてしまうんだもの」

そういえば、とマリーベルは斜め上に視線を向ける。

——相手なんて誰でも同じだと思って、名前も年齢も聞いていなかったわ。

初恋の彼と結婚できないのなら、結婚相手が誰なのかも興味はない。

「そうか。かわいい妹が嫁に行ってしまうというのは、少しばかり寂しいものだね」

「お兄さま……」

寂しげに目を細めたセオドアに、マリーベルは少しだけ罪悪感を抱いた。

けれど、それもほんとうに少し、むしろ一瞬の話である。

「それを理由に、どこぞの貴婦人に慰めてもらうとしようか」

「……お兄さまは、もう少し女性と真剣につきあってはいかが？」

兄は中性的な美しい顔立ちで、社交界でも引く手あまたの遊び人だと聞いている。フォルトナー商会の跡継ぎということもあり、声をかけてくる女性は後をたたない。

「私は真実の恋を探しているのだよ。いずれその相手と出会ったときに、彼女を満足させられる男であるためにね」

「真実の恋の相手とやらに出会ったとき、不誠実さを罵られればいいわ」

「おやおや、マリーベルは愛らしい顔をしてイジワルなことを言う。そんなことを言うと、王都で何かあったときに協力してやらないよ？」

──なぜわたしが王都に行くつもりなのを知っているの⁉

わずかに眉尻を上げただけで、兄はマリーベルに向かって二度、三度とうなずいてみせる。まるで「わかっているさ」とでも言いたげな表情だ。

「ロイデルはいいところだ。羽根を伸ばしてくるといい」

「そ、そうね。そうするわ」

我が兄ながら、相変わらず何を考えているのかわからない人物である。マリーベルは、当惑を胸に秘めて自室へ戻った。

マリーベルが父と話をしに行ったときから、すでに別荘滞在の準備を始めていたらしいジョスリンは、ほんとうに有能な侍女である。どのあたりが有能かといえば、マリーベルが自分の意見を通して戻ってくるだろうことを見越していたあたりなのだが。

「お戻りですか、お嬢さま」

「……お兄さまには見透かされている感じだけど、おおむね予定通りにいきそうよ」

「それはよろしゅうございました」

にこりともせずそう言って、ジョスリンは衣装部屋から出してきた帽子を丸い箱につめていく。

「それで、計画についてなのだけど」

「ええ、わかっております。必要なものは十全に準備を整えておきます」

「ありがとう、ジョスリン」

長椅子に座ると、長い長い息を吐く。

ジョスリンが協力してくれるのは、最終的にマリーベルが父の言うとおり結婚することを知っているからだろう。

――そうね。だってわたしは、お父さまを裏切るような気持ちはないもの。

早くに母親を亡くしてから、父は兄とマリーベルを大切に育ててくれた。多少野心家なところはあれど、いい父親なのだ。そして、マリーベルは家族を愛している。

亡き妻を思い、今も後妻を迎えることのない父。ああ見えて、妹思いの兄。

彼らに不義理をしないためにも、初恋はきちんと葬らなくてはいけない。そんな言い訳をして、マリーベルは自分を慰める。

再会は恋の終わりを意味していた。

そうとわかっていても、彼にもう一度会うことを考えると幸せな気持ちになる。

人の夢と書いて儚いと読むのなら、この恋は夢のようなものなのだ。

——きっと、デレックさまは今のわたしと会ったところで、あの日の幼い少女だとはわからないでしょうね。

十歳の少女が十七歳に成長する七年の間には、蛹《さなぎ》が蝶《ちょう》に羽化するほどの変化が生じる。

だが、だからこそマリーベルの計画は成功する可能性を秘めているのだ。

「週明けには、ロイデルへ向かうつもりよ」

その言葉に、ジョスリンが小さくうなずく。

恋の墓標を作るために、ずっと想ってきた相手に会いに行くだなんてお笑い草だ。けれど、今のマリーベルには笑う余裕はない。

会いたい。会いたくて、ただ会いたくて、彼のことばかり考えてきた七年間。

この恋の終わりが近づいていることを、胸の痛みが予感していた。

† † †

カセンブラ王国の王都は、十一月から十二月にかけて美しく飾り立てられる。

知識としてそれを持っていても、マリーベルは見たことがなかった。当然といえば当然だが、それは社交界のシーズンだからだ。

ロイデル地方の別荘まで、父の手配した馬車でやってきたマリーベルは、道中で社交界にわく王都を初めて見た。

「すごいわ、ジョスリン！　なんてきれいなのかしら」

車窓にひたいをつけるようにして外を覗《のぞ》くマリーベルに対し、ジョスリンは背を伸ばして座席に座っている。

「お嬢さま、外からご覧になった方がどう思われるか、ご一考くださいませ」

「……わかっているわよ。だけど、こんなに建物や樹木に飾り付けをするだなんて知らなかったから――」

窓から離れても、視線は街並みに釘付《くぎづ》けだ。

この街に、デレックがいる。

彼はすでに王都に移動していておかしくない時期だった。

王都を抜けて、ロイデル地方の別荘に到着すると、荷物を運び終えた御者は丁重に挨拶をしてフォルトナー家へ戻っていく。

迎えが来るのは、一カ月後の予定だ。

つまり、それまでマリーベルは父に知られることなく、自由な時間を得たということになる。

「ねえ、ジョスリン。着替えをしたいのだけど、あれはどこに入ってるかしら？」

計画に必要なとあるものを、ジョスリンには手配してもらっていた。

「お着替えなら、手伝います」

「駄目よ！　だって、侍女ならひとりで着替えをできて当たり前でしょう？」

そう、マリーベルの計画とは——


鏡の前で、何度もくるりくるりと回っては、マリーベルは自分の姿を確認する。

——うん、なかなかいいんじゃないかしら？

いつもならふわりと結い上げている髪を左右のみつあみにして、濃いグレーのドレスに白いエプロンをまとう。頭には、エプロンとそろいのヘッドドレスをつけた自分は、どこからどう見てもフォルトナー家の令嬢には見えまい。

「お嬢さま、ほんとうにおひとりで着替えられたのですね」

荷物を片付けに二階へ上がってきたジョスリンが、侍女姿のマリーベルを見て目を瞠る。

「わたしだって、このくらいはできるのよ。ふふ、少し楽しい気持ちになったわ」

「着替えるだけで楽しいのでしたら、重畳です」

「そういう意味じゃないのよ。自分にもできることがあるとわかって、それが楽しいの」

生まれてからこの方、マリーベルはいつでも誰かの手を借りて生きてきた。

着替えから入浴、食事の準備もドレスの採寸も、何もかも使用人たちが身の回りを整えてくれる。

考えてみたら、髪を梳《と》かすことさえ侍女の仕事だった。長い金髪を、美しく保っていられるのは侍女たちのおかげなのである。

「ですが、その格好で毎日侯爵さまの別邸近くをうろつくというのは、あまり良い案とは思えないのですが」

ジョスリンの言葉に、マリーベルはぷうっと頬を膨らます。

「だって、ほかにデレックさまと出会う機会はないわ」

彼と出会いたいわけではない。

一方的に、その姿を見るだけでいいとマリーベルは思っていた。

ならば、夜会に紛れ込むよりも彼の暮らす王都の別邸付近で待ち伏せるのが確実である。少なくとも、王都に滞在しているということは社交の場に出向くということだ。

馬車に乗っていく彼の横顔でも見られれば、それだけでいい。もしそのとき、デレックが笑顔でいてくれたなら最高だ。

けれど、令嬢然とした格好で彼の別邸付近を歩き回っていたら、不審に思われるかもしれない。この国では、結婚前の淑女が馬車を使わずに出歩くことをよしとしない文化がある。社交界シーズンの王都には、身分の高い者が集まっているため、普段のドレス姿で待ち伏せなどしていたら、注目を集めてしまうのは目に見えていた。

そこでマリーベルが考えたのは、ジョスリンと同じ侍女の格好をすることだ。

買い物帰りの侍女が、道を歩いているのはおかしな話ではない。まして、今ならば多くの貴族が王都に集まり、使用人たちを連れてきている。

「この時期の王都は、朝晩冷え込みます。何か、上にはおるものをご用意なされたほうがよろしいかと思います」

「外套《がいとう》を着ていては、侍女らしく見えないのではなくて？」

「ですが、お嬢さまが風邪を召されては元も子もないお話です」

華奢《きゃしゃ》な体躯《たいく》と、幼いころから少し病弱なところのあるマリーベルは、寒い季節に体調を崩すことも多い。

もともと、あまり体力のあるほうではないのだから、寒空の下でデレックを待ち伏せるのは危険だろう。

「だったら、毎日一時間だけ。夕刻にナイトレイ侯爵の別邸へ出向くわ」

夜会へ出かけるタイミングを狙うのならば、夕暮れ時がいい。

正装したデレックは、きっと立派な青年貴族としてマリーベルの心に刻まれる。

それを想像するだけで、胸が高鳴るのを感じた。

「早速、今日から行ってみない？」

「馬車の手配もできていないのにですか？」

即座に質問で返されて、マリーベルはがくりと肩を落とす。

ここから王都までは馬車を使わなければ移動はできない。かといって、実家の馬車を使えば父に何をしていたかと問いただされる可能性がある。

つまり、ロイデルから王都までの往復をするための馬車を手配しなければ、マリーベルはどこへも行けないのだ。

しょげた主を前に、ジョスリンが少しだけ表情を緩める。

「明日には、近くの街へ行って手配をしてまいります。今日は馬車でお疲れでしょうし、ゆっくり休んで体調を整えてくださいませ」

「……ありがとう、ジョスリン。あなたがいてくれて、わたしはほんとうに幸せよ」

心からの感謝を込めて、マリーベルは微笑んだ。

† † †

ロイデルの別荘へ来てから三日後。

ついに、王都のナイトレイ侯爵別邸へたどり着いたとき、マリーベルの心臓は壊れそうなほど早鐘を打っていた。

赤煉瓦《あかれんが》造りの屋敷は、壁に蔦《つた》が這《は》っている。その風情ひとつすら愛《いと》しく感じられる。恋とは、なんと不思議なものだろう。

「ジョスリン、なんだかわたし、胸がドキドキして倒れてしまいそう」

「それは困ります。一カ月しか時間はないんですよ」

揃《そろ》いの侍女服を着たふたりは、荷物を胸にかかえて並んで歩く。

こうしていれば、怪しまれることはないはずだ。今後、毎日決まった時間に屋敷の周りをぐるりと一周したところで、周囲から見れば定期的な買出しか何かに見える。

屋敷を一周して戻ってくると、夕陽《ゆうひ》が王宮の向こうへ沈んでいく頃合いだった。

初日から会えるわけはないとわかっていながら、マリーベルは少し落胆している自分に気づく。

「今日はそろそろ――」

ジョスリンがそう言いかけたとき、道の向こうからやってきた黒い馬車が屋敷の正門前に停《と》まった。

「！　ジョスリン、待って。もしかしたら……」

あの馬車は、デレックが乗るために呼んだのではないだろうか。

石塀に背を近づけ、立ち話をしているふうを装いながら、マリーベルは彼が姿を現すのを待っていた。

今にも、屋敷からデレックが出てくるかもしれない。初めて会った日は、黒い礼装姿だった。普段の彼は、どんな色を好むのだろう。

そんなことを考えながら、ちらちらと屋敷の入口に目を向ける。

すると、馬車の乗降扉が大きな音を立てて開いた。

そして、そこから降りてきたのは――

「そこのふたり、何をしている」

よく通る、凛《りん》とした声。

黒髪は記憶よりも伸びて、肩口に揺れる。

間違えるはずもない、初恋のデレック・エドモンドがマリーベルとジョスリンに向けて、鋭い視線を向けていた。

――え？　ど、どうしていきなり、不審人物のような扱いを……

マリーベルにしてみれば、侍女として自然にこの街に溶け込んでいたつもりだったというのに、デレックの声はひどく尖《とが》っている。

それどころか、デレックの声に次いで使用人らしき男性が二名、マリーベルとジョスリンの

そばまで駆けてきた。

「先ほどから、屋敷を探っている様子だったな。何をしていたのか、正直に言え」

長い脚で石畳を歩いてきたデレックが、侍女姿のマリーベルを正面から見据える。

——ああ、吸い込まれそうな水色の瞳。あのころと同じ、この目をもう一度見られた。

「……わたくしどもは、近隣ではたらく使用人でございます。決してお屋敷を探っていたわけでは……」

ジョスリンの機転に、デレックは片頬を歪《ゆが》めて笑った。

「何を言う。先ほどから、ぐるりと我が屋敷の周りを歩いていただけではないか。まさかとは思うが、この時期を狙った怪盗ではあるまいな」

静かに、違和感が湧き上がってくる。

マリーベルの知るデレック・エドモンドは、こんな厳しい言い方をする人物ではなかった。だが、あのとき彼はこちらの素性を知っていたからこそ、警戒することなく話していただけなのかもしれない。

——そうよね。侯爵さまなのだもの。おかしな輩《やから》に狙われることだって、あるのかもしれないわ。

「怪盗だなんてとんでもないです。わたしたち、赤煉瓦のお屋敷がすてきだったから、見とれていただけですもの」

「見とれるだと？」

「はい。窓の形や格子も魅力的なお屋敷だったもので、つい」

にっこりと笑いかけると、デレックがわずかに眉根を寄せた。

「おかしなことを言う。どこの屋敷の使用人だ？」

「え、それは……」

ジョスリンに助けを求める視線を送ると、侍女は静かに口を開く。

「それでは、正直に申しあげます」

——えっ？　正直にって、ジョスリン、どういうつもり!?

さすがに、初恋のデレックをひと目見たくてここまで来たと明かされては、きっと恥ずかしさで死んでしまう。

そう思ったマリーベルの背を、ジョスリンが軽くひと撫でした。

「わたくしどもは、ロイデルに滞在されているフォルトナー家のご令嬢に仕えていた者です。先だっての流行《はや》り病を聞いて、お暇をいただいたばかりでございます」

「なぜそのフォルトナー家の元使用人が、我が屋敷を偵察する？」

「次なる勤め先を探していたからでございます」

淀《よど》みないジョスリンの言葉に、マリーベルは思わず二度三度とまばたきを繰り返す。

なぜ暇《いとま》をとったなどと嘘《うそ》をつくのだろうと思ったが、新しい勤め先を探している状況ならば、今の行動も少しは説明がつくというもの。

「ほう。それは真実か？」

「はい！　真実でございます」

ここぞとばかりに、マリーベルは大きくうなずいた。

いつしか空には一番星が輝き、夜風が冷たく足元を吹き抜けていく。デレックの外套の裾を軽く翻す風。

「……名はなんという」

「マリーベ……、マリー・ベルズです」

本名を名乗りかけて、慌てて少しだけごまかしを入れる。

「わたくしはジョスリン・ベルズです」

「姉妹か？」

「父方の従姉妹《いとこ》です。マリーは、まだ使用人として日が浅く、新しい職場にひとりで行かせるのも気がかりで、こうしてふたり一緒に職探しをしておりました」

すらすらと嘘を並べるジョスリンの、あまりの如才ない様子に感動する。

――ジョスリン、すごいわ。もしかしたら、最初からこういうこともあるかもしれないと想定していたの？

それにくらべて、自分の不甲斐《ふがい》なさ。

もとより人前に出ることも少なければ、家庭教師か侍女としか話すことの少ない人生ではあるけれど、それにしても役に立たないにもほどがある。

すると、ジョスリンの言葉に信憑性《しんぴょうせい》を感じたのか、デレックが少し態度を和らげた。

「夜は冷える。本気で職探しをしているというのなら、我が家の執事に会ってみるがいい」

「ありがとうございます！」

返事をしてから、心の中で「あら？」とマリーベルはつぶやく。

隣で、ジョスリンが珍しく当惑顔をしているではないか。

それもそのはず、今マリーベルはデレックの屋敷で働く打診をされ、それに応じる返事をしたのだ。

「ライオネル、このふたりをアゾルのもとへ」

「かしこまりました、ご主人さま」

――あ、え、えっと、ジョスリン、どうしたら……？

今さら侍女に助けを求めたところで、時既に遅し。

戸惑いと同時に、心の中に小さな好奇心が芽生えたのも事実だった。

再会した彼は、一度も笑わない。

無論、商家といえども令嬢相手の態度と、労働者階級の娘を相手にしたときの態度が同じでないという可能性はある。

もし、彼が相手によって態度を変えるような男性なのだとしたら――

それはそれで、デレックへの長年の片思いを断ち切るいい機会なのかもしれない。

初恋は実らないもの。

だが、一方的に遠くで想うだけの初恋は、終わりのきっかけさえ見つからないのだ。

――だったら、デレックのほんとうの姿を知りたい。ほかの貴族令嬢には笑いかけるのか、それとも……？


年に一カ月しか使わない別邸といえど、広大な葡萄農園を有するナイトレイ侯爵の住まいとは思えないほどに、邸宅内は閑散としていた。

調度品や美術品は豪奢《ごうしゃ》だが、人の気配が少ないのである。

「お待たせしました。エドモンド家執事のアゾル・ヘリオットと申します」

姿勢の美しい老執事が現れ、ジョスリンがすっくと長椅子から立ち上がる。マリーベルは、それに遅れて直立した。

「お初にお目にかかります。わたしはジョスリン・ベルズ。こちらは従姉妹のマリーベル・ベルズです」

慣れた様子のジョスリンが頼もしい。

マリーベルは、軽く会釈をしてからアゾルの勧めにしたがって長椅子に座り直す。

「おふたりはフォルトナー家にお仕えだったと聞きましたが、どういったご事情で前職をお辞めになったのです？」

アゾルは落ち着いた男性だ。表情は穏やかで、静かな口調で話す。けれど、その温厚さのうちに執事としての厳しさがわずかに覗いていた。

事情によっては、ナイトレイ侯爵家で雇うわけにはいかない、という彼の意思が見える。

考えてみれば紹介状も持たない、通りすがりの女性ふたりをいきなり侯爵家で雇うだなんてありえない話である。

マリーベルの実家でさえ、家柄のはっきりしない使用人などいなかった。

「わたくしどもは、セオドアさまのもとにお仕えしておりました。フォルトナー家のご嫡男でいらっしゃいます」

――えっ？　お兄さまのところで働いていたことにするの？

ジョスリンの言葉に、マリーベルは少々面食らう。だが、冷静になってみればマリーベルのところで働いていたというには、マリー・ベルズなんて名前はあまりに不適合だ。なんらかの疑いを持たれてもおかしくはない。

「ですが、セオドアさまがなかなかご結婚をお考えになりませんゆえ、身近に若い侍女が多いことを懸念されたご当主さまより、二十歳未満の侍女にはしばしの暇《いとま》が出されることになりまして」

たしかにセオドアは結婚を考えていない。

その理由は、彼がひとりの女性と深いつきあいをしないことが理由なのだが――

「それであれば、紹介状をお持ちでしょうか？」

セオドア・フォルトナーの事情についても、なんらかの情報を持っているのか。老執事は特に疑うこともなく話を続ける。

「社交界シーズンが終わり次第、紹介状をいただける予定になっておりました。けれども、こちらのマリーの父が病を患っておりまして、わたくしどもは早く次の職場を探さなくてはならない状況におります」

「たしかに、この時期は名家のご当主であればお忙しゅうございましょう」

その後もしばらくアゾルによる質問が続いたが、ジョスリンは如才なく回答をこなし、無事にふたりはナイトレイ侯爵家で働けることになった。

「二十歳になっていないというのは確認しましたが、正確にはおふたりは何歳ですか？」

「わたくしは十九歳、こちらのマリーは――」

「わたしも、ジョスリンと同じく十九歳です」

小さな嘘は、もしもマリーベル・フォルトナーであることを疑われた場合を想定したもの。

けれど、ジョスリンが驚いた様子でこちらに顔を向けた。

――だ、だって、子どもっぽいと思われるのは嫌なんですもの。

そんなマリーベルの心情を知ってか知らずか、ジョスリンは小さく息を吐く。

「わかりました。では、ジョスリン、マリー、この屋敷を案内します。まずは、社交界シーズンの一カ月のみの契約とし、その後デレックさまがご領地へ戻られる際に、働きぶりを見て正式に雇用するか否かを検討するとしましょう」

「ありがとうございます、アゾルさま」

マリーベルは、満面の笑みを老執事に向けた。

† † †

王都へ来てからというもの、デレックはひどい頭痛に悩まされている。

本邸の使用人は、最初に亡くなったふたり以外、無事快方に向かっていた。それについては、屋敷に残った侍女長から報告を受けている。

だが、かつて母を流行り病で亡くしたことを思い出すせいなのか、あるいは使用人を死なせてしまった罪悪感なのか、最近では夜になると頭が痛みはじめる。そのせいで睡眠不足が続いていた。

――忘れたと思っていたのだがな。

過去のしがらみは、父の死後に現れた幾人もの女性への後始末を済ませたことですべて断ち切ったつもりだった。

母は知っていたのだろうか。父が不実な男だったことを——

ときおり、デレックはそのことを考える。

領地では領民たちから慕われ、妻子想いの侯爵と言われていた父が、母の生前から何人もの女性を囲っていたという事実。

亡き母は、いつも笑顔の人だった。もし母が、あの笑顔の裏に悲しみを隠していたのだとしたら——考えるほど、頭痛は重くなる。

もう、ふたりとも死んでしまった。答えを見つける術《すべ》はない。わかっているのだが、自分に縁談が持ち込まれるたび、両親のことを思い出す。

自慢の父が、実は女遊びの好きなだらしない男だったと知った日の衝撃は今も胸の裏側にこびりついている。

最初は、母を亡くした悲しみを癒やすために女性のぬくもりを求めたのだろうと解釈した。だが、三人、四人と父の愛人が名乗りをあげてくるたび、その考えは変わっていった。

決定打になったのは、七歳下の異母妹を連れてきた女性の存在だ。メリンダと名付けられた異母妹は、母が亡くなるよりも早く生まれていたのである。

父の落胤《らくいん》ではないと突っぱねるのは、難しいことではなかった。メリンダの母親が証拠として持ってきたのは、父から贈られたという宝玉の原石ひとつ。しかし、その原石はデレックが探していたものだったのだ。

たとえ彼女と父に関係があろうと、メリンダが異母妹である証拠にはならない。わかっていたが、父方の祖母が生前大切にしていたという宝玉の原石を持ってきた女を無下に追い返すことはできなかった。

二十三歳のデレックは、十六歳のメリンダの結婚保証人となった。メリンダはとある子爵家で働くうち、そこの次男に見初められて子を宿していたのである。

後ろ盾のない使用人との結婚など、子爵家は当然反対した。デレックとしても、堂々と異母妹を名乗らせるわけにはいかなかったが、彼女の後見人になるくらいはしても罰が当たらないだろう。なにせ、自分にとっては唯一残された血縁者なのだから。

——それにしても、こんな時期に厄介なことになったものだ。

本邸の使用人たちは、快方に向かっているとはいえまだ全快したわけではない。流行り病そのものが完治したかどうかわからない状況で——

そのとき、書斎の扉が控えめにノックされた。

「はい」

返事をし、数秒待つ。執事のアゾルだろうか。

「……？」

ところがしばらく待っても返事はない。何があったのかと立ち上がり、部屋を横切って扉へ向かった。

　扉を開けるとそこには――

「あ、あの、す、すみません……」

　小柄な女性がひとり、両手でトレイを持っていた。トレイの上には、デレックが寝酒にしている葡萄酒《ぶどうしゅ》の準備がされている。

　――ああ、そうか。王都へ来てから雇った娘だったな。

　アゾルに面接を任せた都合、デレックは彼女たちのことをよく知らなかった。

「ワゴンを使えばいいだろうに、気の利かない侍女だ」

　ひょいとトレイを取り上げて、デレックは書斎へ戻る。寝付きの悪さをごまかすために飲む酒は、夜毎に増えるばかりだ。

「ワゴンも持ってきたんです。でも、扉を開けるのの邪魔になるかもしれないと思って」

　侍女はゴトゴトとワゴンを押して、デレックのあとを追いかけてくる。言われてみれば、たしかにこの書斎の扉は外開きだ。ならばワゴンにトレイを載せたまま、距離をおいてノックをすればいいだけの話だろう。

　――どちらにしても要領の悪い娘のようだな。

　本邸の使用人たちに比べてあまりに能力が低い場合は、この一カ月のみの雇用で契約を切り上げることになっている。

流行り病のせいで、別邸滞在に同行させた使用人は少なかった。現地調達を予定してはいたものの、こんなにどんくさい侍女を選ぶとは、アゾルの目も曇ったものだ。

「ご主人さま、寝付きがよろしくないと執事さんから聞きました」

書斎の執務机ではなく、長椅子の前に置かれたテーブルに、手軽につまめそうな料理が並べられていく。

いつもなら、葡萄酒のみで済ますのがデレックの寝酒の定番だ。夜遅くに食事をすれば、翌朝の目覚めが悪くなる。

「わたしの父も以前、眠れない時期がありました。お酒だけを召し上がるのは、胃を悪くなさいますよ」

「おまえには関係ない」

そう言って振り返ると、侍女は大きな目を見開いている。宝石のように美しい緑の目。そういえば、父がメリンダの母にわたした原石には、エメラルドが入っているという。

「あ、あの……余計なことを、申し訳ありませんでした……」

金色の髪を頭の高い位置にくるりとまとめ、白いヘッドドレスを揺らして彼女が頭を下げる。

「……その制服は、我が家のものではないな」

「はい。フォルトナー家のものです」

普段は感じたことのない感情の高ぶりに、デレックは支配されていた。

小柄な侍女はワゴンの料理を並べ終えると、最後に湯気の立つカップをひとつ、そっとテーブルに置く。

「それは?」

「あたたかいミルクです。お酒も眠くなるかもしれませんが、これも悪くありませんよ」

よく見れば、彼女はたいそう愛らしい顔立ちをしている。十六か、十七か。いずれにしろ、自分よりひとまわりは若いだろう。まだあどけない瞳は、純真さを宿していた。

「お子さまにはホットミルクもいいかもしれんが、俺がそんなものを飲むと思って持ってきたのか?」

皮肉に気づいたらしい侍女が、不満げに唇をとがらせる。見れば、紅をさしているわけでもない様子なのに、彼女の唇は薔薇のように赤い。

「ご主人さま、わたしは子どもではありません」

「ほう?」

「じゅ……十九歳なのですから、じゅうぶん大人です!」

言いよどむあたりが、まだまだ子どもだ。デレックはそう思いながらも、彼女をまじまじと観察する。

一緒にいた赤毛の侍女とくらべても、金髪の彼女はずいぶん幼く見える。そういえば、ふたりは従姉妹だと言っていた。

——フォルトナー家で働いていたと言っていたが……

フォルトナー家は、国内有数の商家である。それと同時に、財政難の貴族への金貸しもしているはずだ。そこらの貴族より、よほど裕福な一族だと聞く。

一度だけ、父が病に臥《ふ》した時期にフォルトナー家の葬儀に参列したことがあった。

あの家には、美しい顔立ちの兄妹がいたのを覚えている。

「そんな物言いで、よくフォルトナー家に雇ってもらえたものだな」

「……それは……その、」

うつむいた侍女の、あまりに白いうなじがまぶしく見えた。細い首は、片手でひねったら折れてしまいそうなほどである。父が病気だとは言っていたが、この娘は栄養が足りていないのか。それにしては、肌ツヤは美しい。

不意に、異母妹の境遇を思い出した。

子爵家の次男に手を出され、デレックを保証人にして貴族令息に嫁いだ使用人という前例は、メリンダだけではなくよくある話だ。そして、耳にするそういった話のすべてが純愛なわけでもないことを、デレックはとうに知っている。

「おまえは誰に仕えていた？」

「セオドア……お坊ちゃまです」

「社交界でも名のしれたプレイボーイということか。ならば、屋敷で相手をするのは侍女たちの役割だったと言われてもうなずける」

デレックの言葉に、侍女は小さく首を傾《かし》げた。こちらとしては、彼女が働いていた家の息子とふしだらな関係にあったことを示唆したのだが、まったく動じる様子がない。

「わからないふり、か」

「いえ、その……セオドアお坊ちゃまが女遊びの激しい方だとは存じています。ですが、わたしどもはご主人さまのご命令に従うまでですので」

その言い方では、セオドアの相手をしていたともしていないとも判別できなかった。

なぜだろう。

彼女が、少しだけ憎らしく見えてくる。

純真無垢の瞳で、平然と男を咥《くわ》え込むような女であってほしくなかったのかもしれない。だからこそ、強く否定されたかったというのか。

——俺はまだ、誰かにそんな期待をするほど甘い人間だったのか。

デレックは軽く髪を手で払い、フッと自嘲的な笑みを浮かべる。

「改めて、名を聞こう」

「はい。マリー・ベルズと申します」

「そうか、マリー。こちらへ」

「はい、なんでございま……きゃあっ⁉」

近づいてきた警戒心のない侍女を、デレックは強引に腕にかき抱いた。

「デ……ご主人さまっ⁉」

「うるさい。黙れ」

細い顎に手をかけて、強引に顔を上に向かせる。ああ、思ったとおりだ、とデレックは赤い唇に見惚《みと》れた。

形良い小さな唇は、まるでくちづけをねだるように愛らしい。近くで見ればなおさら、いっそう奪いたくなる。

「フォルトナー家でしていたのと同じサービスを、俺にも提供してもらおう」

言うが早いか、デレックはマリーの唇をおのが唇で塞いだ。

逃げる素振りを、背を抱く腕で軽くおさえつける。かすかに震えた唇は、しっとりと重ね合うことで落ち着きを取り戻していくようだった。

角度を変え、何度も上唇、下唇を交互に食《は》む。けれど、その間マリーはずっと直立不動で、唇に力を入れていた。

「……それは、初心《うぶ》な演技なのか？」

「わ、わたし、こんなこと……」

ぎゅっと目を閉じて、彼女はか細い声をもらす。もしこれが演技なら、どんな男でも騙されるだろう。そう思う反面、人間に失望しつづけたデレックは、彼女を稀代《きたい》の嘘つきと決めつけてキスを続ける。

正しくは、続けているのではない。

――やめられない。なんだ、この甘い唇は……

侯爵家の長男な上、女性に好まれる外見で生まれてきたこともあって、若かりしころに多少の経験はある。とはいえ、デレックは心から誰かを愛したことがなかった。

そのせいあって、二十九歳の今も独身を貫いている。別段、結婚という制度に対する賛否は持ち合わせていない。自分には誰かを特別に愛することなどできないと思っているだけの話だ。

だが、そんなことはどうでもいいと思うほどに、マリーの唇は蠱惑的《こわくてき》だ。

触れるたびに甘くなる。重ねればわずかに怯《おび》え、下唇に歯を立てるとぴくりと肩を揺らす彼女。

言葉にできない感覚が下腹部に渦を巻くのを感じながら、デレックは表面的なキスを繰り返した。

もっと先へ進みたいという本能と、雇ったばかりの侍女に籠絡されてなるものかという理性がせめぎ合う。

しかし、終わりは彼が思うよりもあっけなく訪れた。

「……ふ、は……っ……」

苦しげに息を吐いたマリーが、くらりと倒れかける。

「危ない！」

その細い体を、デレックは慌てて抱きとめた。

白肌をうっすらと上気させ、彼女は目を潤ませている。

――これが……演技なのか？

まるで今まさに、初めてくちづけを受けた少女のごとき可憐さに、人間嫌いのデレックでさえ心が揺らぐ。

「す、すみません。あの、わたし……」

まだ浅い呼吸を繰り返して、マリーは立っていられないとばかりにデレックの胸にもたれかかってきた。

十年前ならば――

父の不貞を知る以前のデレックだったならば、間違いなくこのまま彼女をもっと知りたいと思ったに違いない。これほどまでに可憐な女性がこの世に存在するのかと、感動さえしていたのではないだろうか。

「……下がれ」

しかし、今の自分はあのころとは違う。

老いも若きも男も女も、人間はあらゆる欲の塊だ。放っておけば、欲に負ける。ほしいものを奪い、犯し、騙し合い、そして最終的に他人の命さえ脅かす。そうならないために、国は法を制定するのだ。

「ご主人さま……？」

エメラルドグリーンの瞳が、すがるようにこちらを見ている。

今はその純真そうに見える目が疎ましい。

彼女にキスしたのは自分だというのに、まるでマリーに誘惑でもされたような気がしてしまう。

「下がれと言った。この先を期待しているなら話は別だが、俺はそこらの放蕩《ほうとう》貴族のように使用人と懇《ねんご》ろになって快楽に浸る趣味ではない」

冷たく言い放つ自分の声が、やけに遠く感じられた。おのが声でさえそうなのだから、マリーにとってはいっそう冷たく聞こえたに違いない。

「……申し訳ありません。ご気分を害してしまって……」

畏縮した彼女は、一礼して書斎を出ていく。

残されたのは、湯気の消えたホットミルクと、いくつかの料理、そして葡萄酒だった。

自己嫌悪に陥るデレックは、苛立ち紛れにホットミルクをひと息に飲み干す。幼いころに飲んだ、ぬるいミルクの味。

そして翌朝、彼は驚愕する。

この数カ月にわたる不眠が嘘のように、デレックは心地よい睡眠を味わった。

目が覚めた瞬間から、頭が軽いのだ。

「ホットミルクのおかげか。それとも彼女の……?」

馬鹿らしい問いを口にして、デレック・エドモンドは小さく笑った。

† † †

使用人の朝は早い。

マリーベルは、生まれて初めての労働にてんてこ舞いの毎日を過ごしている。

なにしろ、富豪の娘として何不自由なく育ってきたのだ。フォルトナー家では、着替えも入浴も侍女たちに任せきりだった。

それが、朝は日が昇ると同時に寝台から起き上がり、眠い目をこすりながら着替えをする。

勤務二日目には、老執事からエドモンド家の使用人制服を貸与された。

薄水色のドレスに、白いエプロン。

制服の色は、まるでデレックの瞳のようだった。

——あの夜、デレックさまはどうしてわたしにくちづけをなさったの……?

この屋敷に来た初めての夜。

デレックのもとに寝酒を運んだマリーベルは、初恋の相手にひどく冷たい態度をとられた。

それだけではない。侮蔑ののちに、強引に唇を奪われてしまったのである。

マリーベルにとって、それは当然ながら初めてのキスだった。

くちづけとは、触れるだけのものと思っていたが、デレックの行為はそれだけでは終わらなくて。

——何度も顔をかたむけて唇を重ねあわせ、それに上唇と下唇を交互に噛《か》んだり、舐《な》めたり……

かあっと頬が熱くなるのを感じて、マリーベルは両手で顔を覆った。

「う、うう、あんな、あんな破廉恥で気持ちいいことだなんて知らなかった……！」

初めてデレックに会った母の葬儀のとき、マリーベルはまだ十歳だったのだ。当然、当時のデレックはマリーベルに対してキスなどすることはなかった。

——けれど、侍女相手にあんなキスをなさるということは、社交界というのはそういう行為が当然になる場所……!?

社交界デビューを果たしていないマリーベルにとって、そこは未知の世界である。兄が社交の場で浮名を流しているとは聞き及んでいたが、まさかセオドアも出会う女性全員に、あんなことをしているのか。

——お兄さまならやりかねない気はするけれど、それよりもデレックさまよ！

ほかの女性とくちづけする彼を想像すると、それだけで心臓が痛い。

ひと目、彼の笑顔を見たいだけ――

それで諦めて、見知らぬ男のもとに嫁いでいけると思っていたマリーベルだったが、まだデレックの笑顔は見られていない。それなのに、くちづけをされてしまっただなんて、これは由々《ゆゆ》しき問題だ。

「マリー、何をしているのですか。早く着替えて準備してください」

「あっ、ジョスリン、おはよう」

すでに着替えを終えたジョスリンが、衝立《ついたて》越しにマリーを覗いている。

侍女という同じ立ち場で過ごしているため、今のふたりは同室で寝起きしていた。

それにしても、ジョスリンの有能さには頭が下がる。こんな環境になって、なんの戸惑いもなしに侍女としての仕事をこなし、さらにはできの悪いマリーの補助までしてくれる。おまけに、マリーベルと呼び間違えることなど一度もなしに、平然とマリーと呼びかけてくるのだ。

「急いで着替えるわね。今日の仕事は……」

「マリーは午前中に中庭の掃き掃除、午後はご主人さまの寝室の掃除と、シーツの交換です」

名目上は以前にもフォルトナー家で勤めていたことになっているものの、実際のマリーベルは新米侍女だ。できることも限られる。

「ジョスリンは?」

「わたしは、廊下と階段と応接間の掃除、それから洗濯と厨房《ちゅうぼう》の買出しを頼まれています」

——仕事量がぜんぜん違う！

着替えを終えたマリーベルは、少しでもジョスリンの手伝いをすべく、自分に与えられた仕事を早々に片付けようと意気込んだ。

掃除道具を準備して、いざ中庭へ。

と、廊下を歩いている途中で、誰かがうしろから走ってくるのに気づく。ずいぶん慌ただしい足音だ。

——何かあったのかしら？

足を止めて振り返ると、厨房担当の青年だった。

「あっ、あんた、いいところに！」

彼は、マリーベルを見つけて足を止める。

「どうかされましたか？」

「悪いんだけど、ちょっと裏門まで行って荷物を受け取ってくれないか。厨房で怪我人《けがにん》が出て、今朝はてんてこ舞いなんだよ」

「わかりました。荷物というのはどのような……」

「ご主人さまが買いつけた葡萄酒だ。通用口まで運んでもらってくれ。そこに置いといてくれりゃ、あとで取りに行くからさ」

よろしく頼むよ、と言って彼はまたも廊下を走っていった。なんとも慌ただしいものだ。

しかし、頼まれたからには葡萄酒の受け取りをしなくてはいけない。荷物の受け取りくらいなら、マリーベルにもできるはずだ。難しいことを頼まれなくてよかった。

掃除はあとにし、最初に屋敷に入ってきたときに通った門へ向かって歩き出す。掃除道具は、一時的に中庭につながる通路に置いておくことにした。

外へ出て、マリーベルはふと立ち止まる。

彼は先ほど、門へ行って荷物を受け取るよう言っていた。では敷地内ではなく、塀の外へ出て待つべきなのかもしれない。

——葡萄酒を運んでくるということは、少なくとも両手で抱えて歩いてくるわけではないはずだわ。だとしたら、押し車か馬車かしら。

荷物の受け取りならできる、と思ったはずなのに、すでにそれすらあやしくなってくる。

なんにせよ、通りに面したところまで出れば運んでくるのが見える。マリーベルは石畳を歩き、正門の外へ出た。

まだ午前中だというのに、大通りを馬車が何台も走っている。着飾った婦人がフリルのついた傘をさし、隣を並ぶ男性はステッキ片手に髭《ひげ》を撫でる。王都とは、かくも華々しい場所なのだ。

——社交界にデビューすれば、デレックさまに再会できるとずっと思ってきたけれど……

それよりも早く縁談が決まってしまったというべきか、マリーベルの社交界デビューを父が渋っていたため遅れてしまったと考えるべきか。いずれにせよ、こうしてマリーベルは初恋の相手と再会できた。今はそれだけでじゅうぶんだった。

道を歩く者の中には、今のマリーベルと同じくらいの年頃の娘も多い。

皆、明るい色のドレスを纏《まと》い、幸せそうに歩いていく。

もしかしたらその中の誰かが、いずれはデレックと結婚するのかもしれない。そんなことを考えると、少しだけ寂しい気持ちになった。その誰かは、自分ではない誰かなのだ。

唐突に、道の向こうが騒がしくなる。

「危ない！」

「暴れ馬だ！　逃げろ！」

マリーベルは、驚いて顔を上げた。

――暴れ馬？　こんな街の中で？

馬は元来臆病で、気性のおとなしい動物だ。しかし、臆病ゆえに些細《ささい》なことで心を乱すとも聞く。

視線の先には、傾いた馬車と逃げ惑う人々、そして一頭の美しい馬がこちらに向かって駆けてくるのが見えた。

逃げなくては、と思うのに足裏に根が生えたように動けなくなる。マリーベルの体は、恐怖で硬直していた。

とを。

だから、気づかなかった。エドモンド邸の敷地から、馬車が正門に出てこようとしているこ

——いけない。このままでは馬が……

背筋がぞくりと冷たくなる。毎年、馬車や馬の事故で亡くなる人は多い。マリーベルの祖父は落馬により命を落としたと聞いていた。そのせいもあって、父は乗馬を嫌っている。

「に、逃げなくちゃ……逃げなくちゃ……」

やっと動いた脚は、ひどく震えてのろのろとしか歩けない。その間にも、馬の蹄《ひづめ》の音が石畳を伝って振動のように聞こえてくる。

「何をしている！」

急に体が引き寄せられたのは、そのときだった。

腰をつかむ誰かの腕。同時にマリーベルの細い体は宙に浮き、次の瞬間背中から倒れ込んだ。

——え……？　何が起こったの……？

先ほどまで正門の外に立っていたのに、マリーベルは馬車の中で目を開けた。

「あんなところでぼんやりして、おまえは死にたいのか？」

殺気立った声に身をすくめると、その声の主がデレックだと気づく。

「ご主人さま、なぜここに……」

「外出の予定があって馬車に乗ってみれば、門の前に我が家の侍女らしき者がいた。しかも、

暴れ馬が向かってくるのをのんきに眺めているだなんて、どういうつもりだ」

別に、のんきに眺めていたわけではない。マリーベルとて逃げようと思っていたのだ。

馬車の窓から、馬が手綱を握られて顔に袋を被《かぶ》せられる様子が見えた。

パニックを起こしたときは、視界を塞いで馬を落ち着かせるのだろうか。

――デレックさまが、助けてくださったんだわ。

「ありがとうございます、ご主人さま」

「……俺の話を聞いていたのか？　おまえは、なぜあんなところにいた」

「葡萄酒の受け取りを頼まれたのです。それで……」

マリーベルの説明を聞いて、デレックは大きな大きなため息をつく。

「あそこは正門だ」

「？　はい。お屋敷の門はあそこですよね」

「おまえが言われたのは裏門に決まっている。どこの屋敷で、正門から業者を招き入れるものか！」

言われてみれば、マリーベルの実家にもいくつか門はあった。しかし、この別邸に裏門があるだなんてマリーベルは知らなかったのである。

「まあ……！　お恥ずかしゅうございます。勘違いをした上に、ご主人さまに助けていただくだなんて……」

正門でマリーベルを拾った馬車は、そのままぐるりと屋敷の裏手へ向かっていた。

「いいか、そこが裏門だ。葡萄酒の受け取りならば、使用人用の裏門に届く。そのくらいもわからなくて、よく他家で侍女が務まったものだな」

馬車が裏門前に停まり、外から御者が扉を開ける。

「ご主人さま。申し訳ありませんでした。それと、お助けいただきましてまことに――」

「いい。それより怪我《けが》はしていないか」

「はい、ご主人さまのおかげでどこも痛くありません。命も無事です」

にっこり微笑んだマリーベルだったが、デレックはあからさまに顔を背け、御者に「すぐに出るぞ」と言った。

彼の乗った馬車が去っていくのを見送って、マリーベルは思う。

笑わなくたって、デレックはデレックのままだったのだ、と。

――ご迷惑をかけてしまったわ。だけど、デレックさまに助けていただくなんて……あの方は、やはり昔と同じ優しい方。

ぼうっとしていると、葡萄酒を載せた荷馬車がやってきて「おい、お嬢ちゃん、だいじょうぶかい？　心ここにあらずといった様子だが……」と壮年の男性が心配そうに声をかけてくる。

なんとか葡萄酒の受け取りを済ませ、マリーベルは中庭掃除に戻った。

幸いにしてエドモンド家の中庭はそう広くない。箒片手に花を愛《め》でながらの掃除は、思ったよりも楽しかった。

そう。

通常ならば労働とはつらく面倒なことなのだが、すべてが初めてのマリーベルにとっては何もかもが楽しいのである。

落ち葉を集めるというそれだけのことでさえも、目に見えてきれいになっていく中庭を確認すると、心が晴れやかになるのを感じた。

あのキスの理由を考えることも忘れ、マリーベルは昼食の時間ギリギリまで掃除に勤《いそ》しんだ。

簡素な昼食ののち、デレックの寝室の掃除に向かう準備をしていると、執事のアゾルから声をかけられた。

「マリー」

「はい、アゾルさん」

「寝室掃除の前に、ご主人さまの書斎へ行くように」

「……えっ？」

行儀の悪いことと知りながら、思わず聞き返してしまう。書斎の掃除を頼まれているのだろうか。それとも——

「ご主人さまのご命令です」

「か、かしこまりました……っ」

——もしかしたら、デレックさまはわたしのことを思い出してくださったとか？

デレックと再会してからこちら、マリーベルは自分の正体がバレないよう留意しているものの、同時に彼が自分を思い出してくれたらいいのにと願っていた。

もちろん、正体が知られれば侍女のふりは続けられない。一カ月、何事もなく彼のそばにいるほうがいいとわかっている。そのほうが、少しでも長くデレックと過ごせるのだから。

——だけど、デレックさまに思い出してもらいたいと思うだなんて、わたしったらずうずうしいわ。

頭ではわかっていても、恋した相手が邂逅《かいこう》のことを覚えていないというのは寂しいものである。

一応掃除道具を持って、マリーベルは二階の書斎へ向かった。

前回の失敗を念頭に、掃除道具をいったん扉から離れた壁に立てかけて、ノックを二回。

「入れ」

室内から聞こえてきたデレックの声を確認し、扉を開ける。

「ご主人さま、何かご用命とアデルさんから聞いてまいりました」

お辞儀をして顔を上げれば、デレックは苦虫を噛《か》み潰《つぶ》したような表情で目をそらした。

——えっ、ど、どうして……？

またも不興を買ってしまったのだろうか。

挨拶ひとつで不愉快にさせるなど、自分は思っていたよりも礼儀作法を知らない可能性がある。

なにしろ、長年屋敷に閉じこもって暮らしてきた。家庭教師の教えは間違っていなかったと信じたいが、それは令嬢としての礼儀で、侍女としては違うということも考えられる。

——我が家の侍女たちの振る舞いを参考にしているつもりだけど、何か間違えているのかしら?

「……入れと言っている」

「は、はい。あの、掃除道具は必要でしょうか?」

「不要だ」

廊下に置きっぱなしの道具はそのままに、マリーベルは室内に入ると扉を閉めた。

あの夜以来、こうしてデレックとふたりで顔を合わせるのは初めてだ。

——なんだか心臓が……

早鐘を打っているというより、今にも口から飛び出そうなほどに小躍りしている。

「先日のことだが」

机に向かって座っていたデレックが立ち上がった。今日の彼は、濃い青のフロックコートをまとっている。瞳の色とよく似合うだなんて、ついそんなことを考えているうちに、デレックが目の前までやってきていた。

「俺が不眠に悩んでいることは知っているな」

「はい、執事さんから聞いています」

「だが、おまえにくちづけた夜はよく眠れた」

恥じらう素振りのひとつもなく、彼は「くちづけた」なんて言い出す。マリーベルのほうは、その言葉だけで頬を真っ赤にする始末だというのに。

「そ、それはよろしゅうございました……はい……」

「ホットミルクが理由かと思い、翌日は葡萄酒をやめてミルクを飲んだが同じ眠りは訪れなかった」

たしかにあの夜、マリーベルはホットミルクを運んだ。彼は、あれを飲んだということか。

「ミルクの温度が起因するのかと、ぬるめにして試しても効果はない。つまり可能性として」

「か、可能性として……?」

赤い顔でデレックを見上げると、彼は眉間にうっすらとしわを寄せて深刻な表情をしている。

「おまえとのくちづけが安眠につながったのではないかという結論に至った」

ほかの誰でもない。

自分とのキスが、彼の安眠を招いた。

そう聞いて嬉しくないはずがないのだ。マリーベルは、この七年間ずっとデレックに恋い焦がれてきたのだから。

「どう思う?」

「え、えっと……健やかな睡眠は大切なものだと思います」

睡眠不足は命を削る、と教えられて育ってきた。だから、マリーベル自身も決して夜ふかしせず、長い睡眠時間を確保するようにしている。

「そういう話ではない。わからないふりをするのはやめろ」

くい、と顎をつかまれて。

あの夜と同じくキスをされてしまうのではないかと思った瞬間、いっそう頭に血が上った。

「くちづけひとつであんなに眠れるのならば、俺はもっとおまえに触れたいと思っている。そちらの意向を聞きたい」

「わたしの、意向……ですか?」

彼の不眠をやわらげることができるというのなら、キスのひとつやふたつ——と言いたいところだけれど、マリーベルとて未婚の娘。それも、一応縁談の持ち上がっている身だ。

——デレックさまとキスできるだなんて、わたしには嬉しいお話だけれど、もっと触れたいというのはどういう意味があるのかしら。

あの夜、彼は自分を抱きしめた。強引ながらもその手は優しく、恐怖を感じた覚えはない。

またあんなふうに抱きしめてくれるというのなら、それもマリーベルにとっては幸せなのだが――

「あるいは相手が違っても同じ効果が得られるか試すという手もあるが」

「それはいけません！」

相手が雇用主であるということも忘れ、マリーベルは思わず大きな声を出す。

自分以外の女性とくちづけを交わすデレックなど、想像さえしたくない。

「ほう？」

ならばどうしろと？

そんな声が聞こえてきそうな表情のデレックを前に、マリーベルは緑色の瞳を泳がせる。

「わ、わたしが、その……」

「おまえが俺の寝室へ毎晩やってきて、寝かしつけのキスをしてくれるということでいいのだな？」

「っっ……、そ、そういうこと、です」

場所は書斎ではなく寝室に変わり、毎晩彼とくちづけることになる。その内容だけで、この場にくずおれてしまいそうなほど心が高ぶる。

――あのすてきなくちづけをまた……それも毎晩できるだなんて……！

彼が自分を安眠のための道具だとしか思っていなくとも構わない。そばにいられることが、何より嬉しいのだ。

「そうか。ならば特別奉仕については、それなりの報奨をとらせよう」

「……え……？」

わかっていたことだ。

愛情ゆえのくちづけではない。彼は一度たりともそんな嘘を口にしてはいないと知っていて、それでも賃金を上乗せされると言われては、乙女心にひびが入る。

「おまえの父親は病で倒れているのだろう？　給金が増えれば、父への仕送りも多くできる。互いに建設的な条件だと思うが、何か不満があるか？」

「い、いえ、その……」

主と使用人という立ち場を考えれば、毎夜のキスはありえない。それでも、マリーベルはデレックに恋しているからこそ、彼とくちづけたい。

――そんな気持ちを知られては、きっとデレックさまはわたしを敬遠されるでしょうね。

ならば、彼がほかの女性とのキスを望まぬよう、素直に要求に応じるのが得策だ。

わかっているのに、どうしても心が受け入れない。

「……報奨はけっこうです」

「なぜだ」

間髪を容《い》れず、デレックが問いかけてくる。

彼にしてみれば、侍女に特別な奉仕を求めているのだから、それに対し相応の賃金を与えるというだけのことだ。

――だけど、わたしの心をお金で売るわけにはいかないもの。

マリーベルは、意を決してデレックをまっすぐに見つめる。

美しい黒髪、透明なアイスブルーの瞳、そして睡眠不足のせいなのか少し疲れた表情。

そのすべてが、記憶の中の彼と重なっていく。葬儀の夜、いちばん悲しかったときにマリーベルを救ってくれた青年と――

「お給金は、きちんとお約束の額をちょうだいします。ですが、く……くちづけについては、ご主人さまがほんとうに眠れるかどうかまだはっきりしていませんので、報奨のお約束をいただくわけにはまいりません」

本音を隠して、建前の言葉を取り繕う。

あなたが好きだから、キスにお金なんて払われたくない――とは、どうしても言えなかった。言ったら終わってしまう、なんの保障もない関係。

「簡単にキスを許すわりには、誠実なところのある娘だ」

一方的な物言いに、絶望と怒りがわきあがる。

「簡単に許してなどいません。あの夜は、ご主人さまが強引になさったのです」

「だとしても、次からは同意の上でのくちづけだろう？　あるいは、慣れているのか？」

皮肉げに片方を歪ませ、デレックは勝手なことを言う。

慣れているはずがあるものか。マリーベルにとって、あの夜のキスが人生最初のくちづけだ。

──でも、デレックさまにすれば、わたしが慣れた娘のほうが、気軽にくちづけできるということなの？

くちづけることで、余計な感情──つまりは恋慕の情を募らせられては、彼は迷惑だという可能性が濃厚だ。

若き侯爵が、使用人の娘に不要な恋情を向けられたところで鬱陶しいだけの話だろう。

「……ご主人さまの安眠のためということであれば、侍女としてできるかぎりのことをするのがわたしの仕事です」

そう言ってうつむきかけたマリーベルを、デレックの長い指が許さなかった。顎にかけられた手が、再度ぐいと顔を上げさせる。

「使用人としてすばらしい返答だ。しかし、本心がどうかはわからない」

──それは、どういう意味……？

心を読まれてしまったのだろうか。彼をずっと恋い慕ってきた自分に、デレックは気づいている？

そんなわけがないと知りながら、たしかに本心を偽っているマリーベルはあえなく目をそらす。

「その所作がすべてを物語っているな。おまえにはおまえの野心があるということか」

「そ、そのようなことは……」

「別に取り繕う必要はない。人間は皆、欲の塊だ。俺もおまえも、その業《ごう》からは逃げられん」

彼の言わんとすることは、真実だろう。

恋した相手のもとへ侍女となってまで近づき、身分を偽ってくちづけの約束をするというのは、すべてマリーベルの欲に基づく行動でしかない。

「では、約束の代わりにおまえからキスしてもらおう」

首筋がぞくりと粟立《あわだ》った。

耳朶《じだ》を舐《ねぶ》るような、低くて甘い声。まるで脳まで冒すように彼の声が体の内側を駆け巡る。

「どうした。できないのか?」

「い、いたします……!」

背伸びをし、目を閉じて。

マリーベルは、今にも崩れそうな膝に力を込める。

わずかに唇が触れるだけの、約束のキス。

ただそれだけで、呼吸をすることさえ忘れてしまいそうになるのは、初めて会ったときとは別人のようでいて、それでもあの日の片鱗《へんりん》を覗かせるデレックに期待してしまうからだろう。

「……ずいぶんと頼りない約束だな」

「申し訳ありませ……んっ⁉」

ふたたび、唇が甘く塞がれる。

自分のしたのとは違い、押し付けるように唇を重ねてくるくちづけだった。

——ああ、駄目。こんなに近づいては心臓の音が聞こえてしまう……！

マリーベルの唇を食べてしまうような荒々しいキスに、耳の裏がジンジンとせつなさを感じている。

音を立てて唇が離れ、みたび重なるときにはいっそう熱を帯びていく。棒立ちになって彼のくちづけを受け入れながら、マリーベルは壊れそうなほどに鼓動を打つ心臓を、両手でぐっと押さえつけた。

眠れない主の寝酒代わりに、今夜からは自分がくちづけを施す。

それが、マリーベルとデレックが初めて交わした約束だった——

第二章　眠れない夜は甘く長く

一日の仕事を終え、使用人部屋へ戻ってきたマリーベルは、全身を緊張させながら自分の寝台に腰を下ろす。

『アゾルの夜の見回りを確認してから寝室に来い』

デレックはそう言っていた。

——だけど、ひとりで殿方の寝室へ行くだなんてはしたないことではないのかしら……!?

少なくとも、マリーベルに今まで淑女としての行動理念を説いてきた家庭教師たちは、口を酸っぱくして「男性とたやすくふたりきりにならぬよう」と教えてきた。

当然、深窓の佳人扱いで育ったマリーベルは、家族以外の男性とふたりきりになることなどなく、それこそ七年前のあの夜が異例中の異例だったのだ。

——いえ、でもふたりきりになることよりも、接吻《せっぷん》を毎夜交わすことのほうがいやらしいことだわ！

夫でもなければ婚約者でもない。それどころか恋人関係にあるわけでもないデレックと、毎晩毎晩くちづけをする――

そのことを考えると、卑猥《ひわい》さよりも心のときめきのほうが勝ってしまうだなんて、自分はなんとはしたないのだろう。

フォルトナー家の娘として、人に言えない行動をするなと言われて育った。これまでマリーベルは、その教えに逆らったことなどなかったのだ。

もとよりさほど自由とは言いがたかったが、それでも結婚前の残り少ない自由時間を、ずっと想ってきた相手と過ごしたい。

再会だけで終わらせるはずだった恋は、短い猶予期間に突入している。

「……リー、マリー、聞こえていますか？」

「なっ、何かしら！」

ジョスリンの声にハッとして、マリーベルは顔を上げた。

いつの間に、ジョスリンは戻ってきたのだろう。

「いえ、先ほどから何やらおひとりでぶつぶつ言っているようだったので、少々心配になって声をかけました」

「ひとりで、ぶつぶつ……？」

「ええ。自由時間だとか猶予期間だとか」

なんということだ。思考が口からあふれていたとは。

「い、いいえ。たいしたことではないわ」

「そうですか？　もしや、仕事がつらいのではありませんか？　だから、もっと自由な時間がほしいと……」

表情こそ乏しいが、ジョスリンはマリーベルにとって唯一無二の友人だ。彼女がフォルトナー家で働く使用人だということは承知の上で、友人と思っている。

人と人は互いの立ち場が違っても、心を通わすことができるということをジョスリンが教えてくれた。無論、マリーベルのほうが先に「ジョスリンはわたしの大事なお友だちよ」と宣言したのだが。

――大切なジョスリンに無理を言ってここまでつきあわせたのに、これ以上心配をかけてはいけないわね。

心を切り替え、マリーベルはにっこりと微笑む。

「そんなことはないわ。ジョスリンのおかげで、デレックさまと過ごす時間を得られたことを、わたしは心から感謝しているの」

「それならばいいのですが……」

まだ納得いかない様子のジョスリンに、小さく頷《うなず》いてみせた。

「だから、何も心配しないでちょうだい。それと、夜遅くに少し頼まれごとをしているの。このあと部屋を出ていくけれど、ジョスリンは先に休んでいてね」

「こんな時間から、どのような仕事ですか」

「それはその……ご、ご主人さまから秘密の仕事を承っているのよ。ジョスリンにも言えないわ」

とたんにジョスリンが訝《いぶか》しむような目をする。夜も更けてから、主に時間外労働を頼まれるというのは、侍女としておかしなことだと彼女は思っていることだろう。

「マリー、わかっているのですか？　あなたは魅力的な女性です。そのあなたと、夜遅くにふたりきりで過ごしたいという男性がいるとすれば、それは邪な考えを持っていると考えるべきです」

「あの人は違うわ。だって、相手はわたしでなくたってきっといいんだもの」

「マリー⁉」

その答えに、いっそうジョスリンの表情がこわばる。

「違うの、そういうことではないの。ほんとうに、あの、うまく説明できないけれど、わたしの純潔に問題が生じるようなことはないはずだから！」

マリーベルとて年頃の娘である。

多少は夫婦の営みについても知っているところはあった。

——結婚をしたら、男女は同じ寝台で裸で抱き合って眠るのでしょう？　デレックさまは、そんなことをお望みではないもの。問題ないはず……

逆を言えば、裸で抱き合ったあとに何をするのか、その詳細を知らないという問題もかかえている。

とはいえ、純真な少女が男女の睦みごとについて詳しく知っているわけもない。

「マリーがそう言うのでしたら、これ以上は詮索しませんが……」

そう言いつつも、もっと詳しく事情を説明してほしいというのが言葉の端々から伝わってくる。

それからすぐに、アゾルの見回りの足音が聞こえてきた。マリーベルはその足音が遠ざかるのを待ってから、手燭《てしょく》の明かりを頼りにデレックの寝室へ向かう。

――今日の午後、寝室の掃除をしておいてよかったわ。そのおかげで、部屋までの道順を迷わずに……

行けるつもりだったが、そこは慣れない屋敷である。少々迷いつつも、ようやくマリーベルは彼の寝室にたどり着いた。

寝室で見るデレックは、書斎や食堂で見る姿とは違い、たいそう無防備な寝間着姿だった。

侯爵であろうと王族であろうと、寝るときにまで正装している人間はいない。頭ではわかっていても、恋する男性の寝間着姿を目撃するというのは、なかなかないことだ。

「おっ、遅くなってしまいまみて、申し訳……」

どもったり噛んだりしつつも、かろうじて挨拶をしたマリーベルに、デレックが左手で前髪をかきあげて目を細める。

「そういうのも、手口なのか？」

「手口……というのは……？」

「純情そうな顔をして、男を手玉に取る手口かと聞いた」

マリーベルは驚きに、目を二度三度とまばたいた。

――そんな手口があるの？　男女のことはたしかに疎いけれど、女性がどもることが男性の気を引くだなんて初めて聞いたわ！

十二歳も年上のデレックは、そういった男女の駆け引きにも詳しいのだろうか。

そのことを考えると、急に心が重さを増した気がする。

「何を暗い顔をしている」

「いえ、ご主人さまは男女の機微にお詳しいのだと実感しました……」

「くだらんことを」

彼はぐいとマリーベルの手首とつかむと、躊躇《ちゅうちょ》なく寝台へと歩いていく。小走りに彼を追いかけながら、なんだかズキズキと胸が痛い。

「頭痛がする。マリー、くちづけをしてくれ」

そのとき、初めて。

デレックは名前を呼んでくれた。もちろん、本名そのものではないけれど、マリーというのは幼いころの愛称でもある。

「どうした」

「名前を……」

寝台に腰を下ろしたデレックの前に立ち、マリーベルははにかんだ。

「名前を初めて呼んでいただいたものですから、少し嬉しくなってしまいました」

「……っ！」

彼が、唐突に顔を背ける。何か悪いことを言ってしまったのだろうか。

「すみません。それでは、お約束の……く、くちづけをさせていただきます……ね」

長身のデレック相手では、立ったままだと必死に背伸びしてもキスするのは難しい。そのことを、お互いに日中のうちに知っていた。だから、デレックは先に寝台に座ってくれたのかもしれない。

「ここに座るがいい」

彼はそう言って、自身の腰掛けた隣を指差す。

「よろしいのですか？」

「二度言わせるな」

「は、はいっ」

慌てて座るマリーベルを、彼がそっと抱き寄せる。

――あ、あれ？

くちづけが安眠につながると言われたけれど、そこには抱擁も含まれるのか。それとも接吻は抱き合ってからするのが本来のマナーなのだろうか。

考えてみたら、そんなことは誰も教えてくれなかった。おそらく、未婚の女性が知るべきことではないのだろう。

「……おまえからしてもらうのでは、前回と同じにならない。なるべく条件をそろえたいと考えている」

「はい」

彼の言わんとすることを飲み込めず、マリーベルは困惑しながら返事をした。

「つまり、先日同様に俺からキスをするということになるが構わんな？」

「無論です」

自分からくちづけるより、少しだけ気が楽になる。なにしろマリーベルはキスの作法をほとんど知らない。口と口とを重ね合わせる程度の認識なのだ。デレックにまかせるほうが、彼の望む結果が得られるというもの。

寝間着姿の主とは対照的に、マリーベルは今もまだ制服を着用していた。

背中で結んだエプロンのリボンが、ふわりとほどかれる。

「……あの、エプロンは邪魔ですか？」

「ないほうがおまえもくつろげるだろう」

そう言われてみればそうかもしれない。マリーベルは特に疑いもなく、素直にエプロンをはずした。

長い指が、そっと顎先に触れてくる。

その手に導かれるように、マリーベルが顔を上げる。すると、目の前にデレックのアイスブルーの瞳があった。

「……目は、閉じるのですよね」

「そうだ」

「それでは――」

我先に目を閉じて、マリーベルはくちづけの訪れを待つ。さすがに何度目かになれば、多少は余裕も出てくる――と思ったのは、考えが甘かった。

唇と唇が触れた瞬間、体の奥に鮮烈な衝撃が走る。

「っっ……ん！」

びくん、と体を揺らして、マリーベルは無意識に逃げ腰になった。それを許さないとばかりに、デレックが背にまわした腕に力を込める。

あの夜と同じ。

わななく唇をあやすように、彼はしっとりと唇を重ねたのち、上唇と下唇を交互に食んでは甘噛みする。

唇の右端から、ゆっくりと舌が這うのを感じたとき、背筋がぞくりと震えた。

「は……んっ……」

前回学んだことは、機を見て呼吸をしなければいけないということ。そうでないと、次第に苦しくなってしまうのだ。

――くちづけというのは、なかなか難しいものなのね。

とはいえ、ずっと唇をくっつけているわけでもない。うまく彼の動きを想像すれば、呼吸をする機会もあった。

気になるのは、口を開けて呼吸をするたび、自分の声とは思えない吐息まじりのおかしな声が出てしまうことだ。

「んっ……ふ……」

数度目に呼吸をしたとき、マリーベルが口を閉じるより早く、何かが口腔《こうこう》に割り込んできた。

「っっ……!?」

ねっとりと粘膜を舐《ねぶ》られる感触に、思わず目を見開く。

初めての感覚ではあるけれど、自分の口の中に侵入してきたそ
れ
の正体には見当がつく。というより、消去法でほかに当てはまるものがない。

――これは、デレックさまの舌……⁉

異なる温度の舌先が、マリーベルの歯列をなぞっていく。それがくすぐったくて、もどかしくて。マリーベルは、白いのどをそらして大きく口を開いた。

「なるほど、誘うのがうまいものだ」

互いの唇の隙間で、デレックがそう言う。

よくわからないが、彼の要求に応じることができたという意味だろうか。

そんなことを考えていると、今度は歯列どころではなく互いの舌を絡めあうように、デレックがキスを深めてくる。

「ん、んっ……！」

初めての出来事に怯え、マリーベルが舌を引く。するとそれを追いかけて、彼の舌はいっそう深くもぐりこんできた。

――あああ！　だ、駄目！　どうして口の中を舐めたりするんですか⁉

頭の中が激しく明滅する。あるいはそれは、まぶたの裏側なのかもしれない。

デレックの舌は、生き物のように自由に動き回る。マリーベルの舌を搦《から》め捕り、逃げようとすると舌裏を甘く刺激しては弛緩《しかん》させる。

そのうち、互いの口と口が完全にひとつになってしまうのではないかと思うほどキスは深みを増していき、彼の舌に誘《いざな》われてマリーベルの舌が強く吸い上げられる。

「んぅ……!?」

驚愕に声を上げると、それだけでは収まらないとばかりに大きな手が腰を撫でた。

最初は優しく撫でさする動きに安堵《あんど》していたが、だんだんと指先があやしく蠢《うごめ》く。脇腹を伝っては腰に戻り、行きつ戻りつするうちに指先が胸の膨らみの裾へとたどり着いた。

――くちづけをするというのは、こんな……体に触れる行為も含まれるの?

恥ずかしい、逃げたい、おこがましい、そんな感情がマリーベルの体をこわばらせた。

「くちづけばかりではもどかしいか?」

「そんな、わたしは……あ、あっ……!」

ついに彼の手が乳房へと到達する。大きな手で胸を包まれると、得も言われぬ感覚が湧き上がった。

――こんな気持ち、初めて……!

五本の指を広げて胸を包む彼の手は、やんわりと膨らみを揉《も》み始める。手のひらが胸の中心を軽く押し込んでくるのが、ひどくせつない。

「唇がお留守になっているぞ。舌を出せ」

「は、はい……」

いつしか彼のキスに馴染みはじめたマリーベルは、言われるままに舌先を覗かせる。するとそれを味わうようにして、デレックが甘く吸い上げた。

キスだけではなく、胸への接触でいっそう感覚が鋭敏になっていく。

――いや、こんなのヘンだわ。胸の先がせつなくて、なんだかおかしな気持ちになってしまう……！

おかしな気持ちとは、有り体に言えば「もっと触れられたい」という欲求だった。

だが、淑女がそんなことを口に出すなど許されることではない。

「……反応してきているな」

彼の言葉の意味はわからなかったけれど、それが自分の興奮を悟られているゆえの発言だろうことは想像がついた。

「も、もう、このくらいで……」

「火をつけたのはおまえだろう。もう少し味わわせてもらう」

そう言われては、逆らうこともできなくなる。彼の行動は自分のせいなのか、とマリーベルは朦朧《もうろう》とした脳裏で戸惑った。

「わ、わたしのせいならば……」

受け入れの言葉を即座に察して、デレックがぐいと体を寝台に押してくる。あっと思うよりも早く、マリーベルの背中は寝台に沈んでいた。

見上げた天井が、デレックの黒髪で覆われる。のしかかるような体勢で、彼が再び唇を奪った。

──どうして、唇を重ねるとこんなにせつない気持ちになるの……？

喉の奥、彼の舌も届かないところがぎゅっと狭まる感覚がある。同時に、体の下のほうでも似たようなせつなさがたまっている部分があった。

これまでの人生で、感じたことのない痛痒《つうよう》にも似た甘く狂おしい快楽。

「ん、んっ……！」

水音を立て始める淫靡《いんび》なキスに、こらえきれず声をもらす。口は塞がれていても、鼻から抜ける甘えたような声は隠しようがない。

──腰の奥……？　何か、体の中がきゅっと引き絞られるような感じがするのは、何が起こっているの？

本能的に太腿《ふともも》をぎゅっと閉じ合わせ、マリーベルは快楽の火種を押し殺そうとしていた。しかし、どうあがいても一度芽吹いた悦《よろこ》びは、簡単に消すことなどできない。

「そんなに腰をよじっては、感じているのが丸わかりだ。それとも、俺に知られたいのか？」

「ご主人さま、もう、もう……」

「もっと、してほしいのか？」

目を開けると、アイスブルーの瞳がそれまでとは違う光を宿していた。

それが情欲《じょうよく》だと知らずに、マリーベルは小さくうなずくしかできない。彼の言うとおり、もっとしてほしいと思ってしまったのだ。この先に何があるのかもわからないまま、純真な乙女は自ら危険に足を踏み入れる。

「ほしがりな侍女だ」

いつの間に緩められたのか、マリーベルの水色のドレスが肩口からはだけている。下着の肩《かた》紐《ひも》をずらされ、気づけば乳房の上半分がむき出しにされていた。

「白いな……」

形は良いけれど、同年代の侍女たちと比べて幾分ささやかな膨らみを、デレックがじっと見つめている。彼の視線を感じて、体の奥に甘い熱がたまっていくのがわかった。

「ああ、あっ……!?」

唐突に、デレックがやわらかな肌に唇を押し当てた。それも、大きく口を開いて乳房を食べてしまうような格好だ。

歯を立てられたらどうしよう。一瞬だけ、そんな不安が脳裏をよぎる。

しかし、その不安に支配されるよりも早く、彼の舌先が薄い皮膚を這うのを感じた。

「や……っ……、あ、あっ……いや、そんな……」

「もっとほしいと望んだのはおまえのほうだ」

マリーベルだけがほしがっているような言い草に、わずかな不満を感じながらどうしても赤面してしまう。

「わたしのことより……ご主人さまの安眠のために、役立てることを……」

「ずいぶんと献身的な物言いだな。そうしておいたほうが、俺に恩を売れると思ったか？」

そんなつもりは毛頭ない。事実、マリーベルはこれが自分の望んだ行為なのかどうかさえわからないのだから。

「だが、俺を眠らせてくれるというのならば、もっとおまえの愛らしい部分にくちづけさせてもらおう」

彼の眠りのために。

――だけど、こんなふうに肌を合わせるなんて、まるで夫婦の営みのようで……

マリーベルの知識において、結婚した男女は双方裸になって寝台で抱き合って眠る。現時点では、マリーベルのみが一方的に脱がされているのだから、その営みまで達してはいないのだろうが、もしかしたら自分は今、かなり危ういところに立ち入っているのではないだろうか。

ずるり、と衣服が下着ごと腰まで引き下ろされる。

彼の目の前に、マリーベルの白い上半身がさらけ出された。

「やっ……！」

反射的に両腕で胸を隠し、体を横向ける。

「どうした？　今になって恥じらいを思い出したか。それとも俺を煽《あお》るための手練手管か？」

「は、恥ずかしいです。わたし、こんな……」

横を向いたままのマリーベルに、デレックは焦らすように顔を近づけてきた。それは、唇でも胸でもなく、薄い肩に。

「ひ、ぅんっ……！」

華奢な肩を軽く噛まれて、反射的に腰が跳ねる。涙目で彼を見つめれば、唇がめくれそうになるほど、デレックはマリーベルの肌に強く吸い付いていた。

「待っ……ご主人さま……っ」

「焦らすな。俺を寝かしつけてくれるんだろう？」

その言葉に、自分の役割を思い出す。

不眠とは無縁の人生だったマリーベルだが、眠れないというのは相当に苦しいと聞いて知っている。

――デレックさまが、ゆっくりと休めるのなら……

びくびくと怯えながらも、かろうじて自分の体を制御し、マリーベルは寝台に背をつける体勢に戻った。

だが、胸を隠す両手をおろすにはまだ勇気が足りない。

「マリー」

不意に名前を呼ばれて、胸の奥がじゅわりと潤むような感覚がした。

「マリー、この手をおろすんだ」

「ご主人さま……」

「できるだろう？　手をおろしたら、おまえの感じやすい部分にキスする。それはきっと——」

デレックが耳殻にふれるほど唇を近づけてくる。

吐息さえも感じられる距離に、マリーベルは身震いを止められない。

「……きっと、おまえにも満足してもらえるはずだ」

耳朶を舐《ねぶ》る甘い声。鼓膜を直接震わせるような小さくかすれた彼の声音が、マリーベルを後押しする。

「は、はい……」

彼の言うがまま、両手を体の脇に下ろした。

「ああ、小ぶりだが、それゆえに美しい……」

双丘を見下ろすデレックが、かすれた声で称賛する。侍女たちには数え切れないほど見られた体だが、異性の前にさらすのは今夜が初めてだ。

「あ、あまり見ないで……ください……」

「見られるよりも、くちづけられるほうが好ましいのか？　正直な女だ」

彼はそう言って、両手で左右の乳房を中心に寄せる。わずかに屹立《きつりつ》しかけた先端に、デレックの舌先が躍ったのはそのときだった。

「あ、ああっ……!?」

びりびりと、体全身に衝撃が駆け巡っていく。

何が起こったのかわからない。胸の先を舐められただけで、こんなにも体が、心が震えるだなんて――

――これもキスのうちなの？　唇にくちづけられるのとは、ぜんぜん違う……っ！

「まだ凝《しこ》りきっていないな」

デレックは、そう言って親指と人差指で色づいた部分の円周をきゅっと押し込む。乳暈を押されると、結果的に中心部分が強調されてしまった。

「ここを舐められるのは、どんな気持ちがする？」

「わ、かりませ……。あ、あっ……なんだか、苦しくて……」

ちろちろと舌先が屹立の側面に円を描く。唾液にまみれ、マリーベルの体はいっそうデレックに反応していった。

「苦しいだけか？」

「せ、せつなくて……」

「それから？」

「……っ、気持ち、ぃ……っ」

こんな姿、誰にも見られるわけにはいかない。未婚の娘が、年上の貴族から乳房へのキスを受けている。それどころか、彼の与える快感にマリーベルの胸の先が、つんと立ち上がってい

るだなんて。

「なかなか素直でいい子だ。ご褒美をやらなくてはな」

「え……？」

刹那の困惑と、直後に襲いかかる強い快感。

マリーベルは、息を呑《の》んでシーツに爪を立てた。

「ああ、ぁ……っ、何……？　いや、いやぁ……っ」

じゅうぅ、と胸の先を粘膜で包み込まれる。いや、唇ですっぽりと包まれているというのが正しいのだろうか。わからない。ただ、彼が胸の先に吸い付いていることだけは、視覚的に理解している。

「や、それ駄目です……っ！　あ、あっ、気持ち……よ、すぎて……」

「ならば抗《あらが》うことはない。俺に乳首を吸われて感じている。それだけのことだ」

それどころか、くちづけられているのとは反対の胸の先をデレックの指先がこりこりと転がしている。

喉がひきつって、呼吸ができない。息を吸うたび、気管が燃え上がるような熱を感じた。

「敏感な体だな。もっと味わってしまいたい気もするが……」

ひとしきり、マリーベルの乳房を堪能してから、デレックがゆっくりと顔を上げる。

「味……わう……？」

狂おしいほどの舌技に翻弄されたマリーベルは、涙目で初恋の相手を見つめた。

「これほど蕩《とろ》けた顔をされては、こちらも堪えるのがつらくなる。今夜はこれまでにするか」

ひたいに軽く唇を押し当ててから、デレックが何事もなかったように寝台から立ち上がる。

——これで、終わり……？

安堵なのか不満なのか、判別しがたい感情が心を二分《にぶん》する。

よかった、これで終わって——と思う反面、もっと彼を感じていたかったと思う自分がいるのだ。

「……こんな気持ちになるとはな」

デレックは、口惜しげに眉根を寄せつつ、唇に甘い笑みを浮かべていた。

——あ、デレックさま、笑っているの……？

「人間など信じないと決めている俺さえも誘惑するとは、おまえは思った以上に色ごとに長《た》けた侍女らしい」

そんなわけがない、と否定する心が、とろりと眠りに誘われていく。

ここはデレックの——雇用主の寝台で、自分は眠るわけにはいかないというのに。

「マリー？」

他人のようで。

それなのに、どこか優しささえ感じさせる甘い声で名前を呼ぶ、残酷な人——

マリーベルは、あばかれた肌を隠すことさえできずに、初めて知った快感にあえぎ疲れて完全に目を閉じた。

† † †

チチ、チ、と窓の外から鳥の声が聞こえてくる。うっすらと朝陽をまぶたに感じて、マリーベルは寝台の上で体をよじった。

——ん……？　何か、あったかいものがある……？

上掛けとは違う肌触りに、自分の肩を覆うものを指先でたどっていく。実家の寝室で寝ていたときも、エドモンド邸の使用人部屋で寝ていたときも、こんなぬくもりは感じたことがない。

「あまりさわるな。くすぐったい」

唐突に低い声が聞こえてきて、マリーベルはパッと目を開けた。

「なっ……あ、っ、ええ……⁉」

声のしたほうに顔を向けると、そこには初恋の相手が仏頂面でこちらを見ている。信じられない光景に、二度三度とまばたきを繰り返した。

「デレッ……、んぐっ‼」

驚愕に相手の名を呼ぼうとした瞬間、いきなり口を大きな手で覆われる。

「朝から大きな声を出されては困る。悲鳴などあげられようものなら、俺が新人侍女に無理強いをしたと勘違いされるだろう」

——そうだわ。わたし、昨晩デレックさまの安眠にご協力していて……

やっと事態を把握したマリーベルだったが、なんだか胸元がすうすうと冷たいことに気づく。自分の体に目をやれば、そこには寝間着どころか使用人制服すら見当たらないではないか。

「なかなかいい眺めだな」

「っっ……！　ん、んぅ……っ」

慌てて上掛けを引き上げるも、彼には昨晩もしっかり見られてしまった。

——わたし、くちづけをしにきただけだというのにもしかして純潔まで捧《ささ》げてしまったの⁉

男女が裸で抱き合って眠るのが、夫婦の営みだと聞いている。寝台でどんな秘めやかな行為をするのか、マリーベルは具体的にはまったく知らないのだ。

おそらくは、とても親密で恥ずかしくてあまり人様に言うようなことではない何か。その認識で言うと、昨晩の胸への愛撫《あいぶ》はじゅうぶんそれに該当するようにも思える。

——どうしよう。純潔ではなくなったと知れたら、縁談の相手はわたしを家に追い返すかもしれないわ。

父は激怒するだろうし、商売にも影響が出る可能性がある。

「……おい、なぜ泣きそうな顔をしている」

やっと口元を覆う手が離れたけれど、マリーベルは目頭が熱くなるのを感じていた。

「だ、だって、昨晩のことが……」

だが、なんと言えばいいものか。

自分は実はフォルトナー家の娘で、縁談が進んでいる最中だと暴露すれば、今すぐに追い出されてしまうだろう。

――デレックさまは、わたしを愛しく想って触れてくださったのではないんですもの。

「ああ、よく眠れた。やはり安眠の理由は、おまえのくちづけだったようだ」

マリーベルの泣き出しそうな瞳を覗《のぞ》き込んで、デレックが少しだけ相好を崩す。

「ほんとうですか？」

「意味のない嘘などついてどうする」

「よかった……！　デレックさまがぐっすり眠れたのでしたら、わたしの純潔くらい……！」

今泣いた烏《からす》がもう笑う。マリーベルは、抱えた問題をすっかり忘れて微笑んだ。

目を瞠ったのは、デレックのほうである。彼は無言で静かに眉根を寄せ、怪訝《けげん》そうにマリーベルを見つめていた。

「あの、どうかされましたか、ご主人さま」

「いや、ただの聞き間違いだ」

「？　はい、それならいいのですが……」

上掛けの下で、マリーベルはもそもそと制服を着込む。

雇用主の寝台で一緒に眠ったことを申し訳ないと思う気持ちはあれど、上半身裸のままで起き上がる勇気はない。

「それでは、わたしはこれで失礼いたします。ずうずうしく眠ってしまいまして、申し訳ありませんでした」

寝台からおりると、お辞儀をひとつしてマリーベルはデレックの寝室を出ていこうとした。

「マリー」

歩き出した背中に、デレックの声がかかる。

「はい、なんでしょうか？」

振り返ると、枕に片肘をついた彼がかすかに目を細めていた。

「昨晩のあれは、くちづけでしかない」

「は、はい……！」

急に昨夜のことを言われ、マリーベルは頬を赤らめる。

人生の歯車というものは、回るときには急激に回りだすものらしい。これまでの十七年間、男性とのふれあいなど皆無のままに生きてきた。それがこの数日で、くちづけに始まり肌に触れられる経験までしてしまうとは。

「わかっているのか？」

――なぜ、デレックさまはご確認をされているのかしら？

実のところ、マリーベルは彼の問いかけの意味も、その真意もわかってはいなかった。

だから彼女なりに理解しようとした結果、デレックはあの行為を愛し合う男女の行為ではないのだと、マリーベルに言い聞かせている――という結論にいたった。

――そこに愛はない。行為をしたからといって、勘違いするな。彼はそう言っているのだわ。侯爵であるデレックにすれば、侍女との戯れに責任を取れと言われても困るのだろう。

マリーベルはひとりで納得すると、小さく頷いて見せた。

「存じております。わたしは、デレックさまの安眠のために呼ばれただけですので……」

一夜の過ちであろうと、それについて不満はない。その気持ちを伝えようとして、マリーベルは言葉を選ぶ。

「唇と、それ以外の場所にくちづけただけだ。そうだろう」

「はい。ご主人さまのおっしゃるとおりです」

「……ならばいい」

双方、なんとなく腑《ふ》に落ちない流れのままで会話の終わりが宣言される。

その日も、マリーベルの午前中の仕事は庭掃除だ。

だが、少しずつ仕事の量を増やすべくジョスリンにも相談してある。今まで侍女に仕えられる側として、その仕事ぶりを見てきた。多少なりとも知識はあるつもりだった。

「マリー、それはおそらく表面的なことだけです」

「でも、紅茶を淹《い》れるのは何百回と見てきたわ。それに、着替えだって……」

今朝は一緒に庭掃除をしているジョスリンが、細く長いため息をつく。

「いいですか。紅茶は厨房で準備をして、カップが温まり、茶葉がほどよく開いた頃合いを見て主の待つ部屋へお運びするものです。マリーには、厨房でどのような準備がなされているかおわかりですか？」

「そ、それは……」

言われて初めて気がついた。ティーカップはどうやって温めているのだろう。火で炙《あぶ》っているわけではあるまいし、湯の沸いた鍋に入れて煮るのだろうか？　茶葉がほどよく開く頃合いとは、いったいどうやって見極めるのか？

――これでは何も知らないのと同じことね。

「ジョスリンの言うとおりだわ。見てきたからといって、できるわけではなさそう」

「おわかりいただけて安心しました」

掃き集めた枯れ葉をまとめ、マリーベルは焼却炉へ運ぶ。ジョスリンは別の作業があるので、ここからはひとりだ。

両手いっぱいに抱えた袋は、かさばるけれど重くはない。美しい庭に囲まれて暮らすことを当たり前のように思っていたけれど、それは誰かの手によるものだった。改めて現実を知ると、手入れの行き届いた庭のすばらしさを強く感じる。

それにしても――

――デレックさまは、一度も笑ってくださらない。この七年で、なぜあんなに変わってしまわれたのかしら。

『俺はそこらの放蕩貴族のように使用人と懇《ねんご》ろになって快楽に浸る趣味ではない』

そう言っていたはずなのに、昨晩もずいぶん淫らなことをしてしまった。けれど、乱れていたのは自分だけのようにも思う。デレックははしたない声をあげる自分をどう見ていたのだろうか。

――もう一度、あの笑顔が見たいと思うのはわたしのわがままでしかないの……？

枯れ葉を捨てて屋敷へ戻る道中、外通路を執事のアゾルが歩いているのが見えた。

社交界シーズンのみ利用する別邸には、使用人の数が少ない。その中で、もっともデレックの信頼を得ているのは間違いなく彼だ。もしかしたら、アゾルならばデレックの変化についても知っているのでは――

そう思うと、自然とマリーベルは早足になっていた。声をかけたところで、「デレックさまは七年前と違って笑ってくれないんです」なんて言うわけにはいかない。自分は今、フォルトナー家の娘ではなくただの侍女なのだ。

——だけど、何かデレックさまの変化のいとぐちを知ることができたら……！

しかし、アゾルはひとりではなかった。

彼のうしろを、黒いドレスの女性が歩いている。顔を隠す黒いヴェール。あれは喪を表す装いだ。

エドモンド家で不幸があったとは聞いていないが、何かあったのだろうか。

そのとき、ふと黒いドレスの女性が顔を上げた。彼女を凝視していたマリーベルは、ヴェール越しにもわかる美しさに息を呑む。

赤毛をきつく結い上げて、血の気の引いた白い肌。冷たさと妖艶さの同居した美貌は、どこかデレックに通ずるものを感じた。

——デレックさまのお客人なのかしら。

「ちょうどいいところに。マリー・ベルズ、こちらへ」

「は、はい」

アゾルに名前を呼ばれ、マリーは急いでふたりのもとへ近づく。

「メリンダさま、侍女のマリー・ベルズです。まだエドモンド邸で働いて日が浅いため、至らないところもあるかと思いますが、この者が身の回りのお世話をさせていただきます」

赤毛の女性はメリンダという名らしい。マリーベルは、恭しく会釈をする。

「よろしくお願いしますね、マリー」

「もったいないお言葉でございます。なんでもお申し付けくださいませ」

年の頃は、二十二、三だろうか。儚げな声音とくびれた腰が、喪に服していても色香を感じさせる。

身の回りの世話をするというからには、メリンダはこの屋敷に滞在するらしい。

──デレックさまとはどういったご関係の方……？

気になるものの、今のマリーベルが立ち入ったことを尋ねるわけにはいかない。

考えたくはないけれど、デレックの恋人という可能性もある。だが、恋人の家に逗留《とうりゅう》する際、喪服を着てやってくる女性というのも腑に落ちない。

「メリンダ」

外通路の先、屋敷につながる扉が開いて、デレックが姿を現した。

「ああ、デレックさま……！」

メリンダは、黒いレースのハンカチを握りしめて彼に駆け寄る。

──やめて、見たくないわ……！

マリーベルの心が、小さく悲鳴をあげた。それとほぼ同時に、なよやかな黒装束の女性はデレックの腕に抱きしめられる。

「よく来た。さぞ辛かっただろう」

「デレックさま、デレックさま……」

泣《な》き濡《ぬ》れる声を耳に、マリーベルは唇を引き結んだ。

恋人ではないと思いたかった。たとえば遠い親族や、友人の妹。そんな関係の相手ならばと願った。

少なくとも、デレックに妹はいない。彼はナイトレイ侯爵の一人息子のはずだ。

「あの、アゾルさん」

「なんでしょう」

「メリンダさまというのは、どのような……」

精いっぱいの勇気を振り絞って、マリーベルは執事に尋ねる。

「ご主人さまにとって、大切な方です。くれぐれも粗相のないように」

身分を明かすでもなく、アゾルは言葉少なにそう告げた。

「……かしこまりました」

もしかしたら、もう今夜からマリーベルがデレックの寝室に呼ばれることはないのかもしれない。彼は大切な女性を待ちわびて、眠れぬ夜を過ごしていただけとも考えられる。

胸の奥をぎゅっと締めつけられるような痛みに、マリーベルは細い指をこわばらせた。

† † †

数年ぶりに会う異母妹は、今にも倒れそうな顔色をしていた。

デレックはメリンダを応接間に案内し、執事のアゾルに紅茶の準備を命じる。

「ご主人さま、メリンダさまのお側《そば》仕えにはマリーをつけます。先ほど挨拶も済んでおります」

老執事はそう言い残して廊下へ消えていった。

マリー・ベルズ。

彼女は、不思議な女性だ。

年齢よりも幼く見える愛らしい顔立ち、ハキハキしているかと思えば急に慎み深い面を見せ、キスを軽く受け入れるくせに慣れない素振りで男を煽る。彼女はフォルトナー家でセオドアに寵愛《ちょうあい》を受けていたのかもしれないと思う反面、あれほど純真な反応を演じられるはずがないと思わせる一面も持っていた。

「デレックさま、わたしはこれからどうしたらいいのでしょう。愛する息子をあの家に残して、どうやって生きていけばいいのでしょう……」

メリンダの言葉に、我に返る。

——俺としたことが、何をぼんやりしているんだ。

「家を追い出されたと聞いたが、先方の言い分はどうなっている。仮にも俺が後見についての結婚だったはずだが、子爵からは連絡もなかった」

「それは……」

メリンダは父の死後に存在を知った異母妹である。

ともに育ったわけでもなければ、共通する思い出のひとつさえない。それでも、父亡きあとデレックにとって唯一血のつながりがある人物だ。

彼女のことをさして知るわけではないが、ただひとりの血縁者に冷たく当たるいわれもない。ましてや、父が母を裏切ったことは事実であっても、メリンダにはなんの罪もないのだ。

「アンソニーさまが流行り病で亡くなられたあと、看病をしていたわたしは同じ病の可能性があると言われて息子のショーンと引き離されました。ご長男のフレッドさまの奥さまがショーンの面倒を見ていてくださるから心配するなと言われていたのです」

夫に先立たれたメリンダは、悲しみに肩を震わせる。

甥《おい》のショーンとは会ったことがないが、もう六歳になっているはずだ。

「それから半月ほどして、ショーンはフレッドさまが養子にもらうから屋敷から出ていけと……子爵さまが……」

「フレッドは結婚して三年だろう。これから先、男児が生まれる可能性もあるというのにショーンを養子に取るというのか？」

子爵家の長男であるフレッドには女児の双子が生まれたと聞いていた。

アンソニーの件がなくとも、先々男児が生まれなかった場合にはショーンを養子に求められることは想像できた。そうなる可能性はあれど、夫の死後一カ月と経《た》たずにメリンダを追い出すなどあまりな仕打ちである。

もともとメリンダは望まれた花嫁ではなかった。

ショーンを身籠ったことが判明し、デレックが後見人につくことで結婚を許された事実はある。だが、だからこそ侯爵であるデレックになんの打診もなしにメリンダを追い出すなど、本来あってはならないことだ。

「わかりません……！　わたしのショーンを奪うだなんて、あの家の人たちが何を考えているか、ぜんぜんわからないんです……っ」

両手で顔を覆って泣き出したメリンダに、デレックはかける言葉も見つからない。

爵位をかさに圧力をかけるのでは、身分の低い異母妹を追い出した子爵家と同じことだ。かといって、社交界からも離れて長い自分には協力を仰ぐ相手もいない。夫を亡くしたメリンダの気持ちも、想像することはできても理解できているわけではなく、彼女のように誰かを心から愛した記憶がデレックにはなかった。

「失礼します。お茶をお持ちしました」

その声に、反射的に顔を上げる。

常ならば侍女がお茶を運んできたくらいで振り向くほどのことでもない。それが、まるで待ちわびていたような自分の態度に驚いた。

ワゴンを押してきたのは、マリーと一緒に雇い入れたジョスリンである。マリーより出来が良いとアゾルから聞いて知っていた。

それなのに。

デレックは、柄にもなく自分ががっかりしていることに気づいていた。

お茶を運んできたのがマリーではないと知って、少し残念に思ったのだ。

——俺は、彼女に何を期待しているんだ。期待したところで、得られるものなど何もないと知っているはずだろう。

彼女にくちづけるときの、あの甘やかな悦び。

それはあくまで、安らかな眠りのためでしかないというのに。

デレックは、いつにもまして仏頂面で侍女の仕事を眺めていた。

以前は夜が来るのが煩わしかったというのに、マリーが侍女として現れてから少しずつ世界が変わり始めている。今では、ほんの少しだけ夜が待ち遠しいほどに。

†　†　†

「ジョスリン！　おかえりなさい、どうだった？」

応接間にお茶を運んだメリンダが戻ると、マリーベルは勢い込んで尋ねる。

直接デレックに尋ねることができないとすれば、あとはジョスリンだけが頼りなのだ。

「マリー、そんなに飛びついてこないでください。危ないですよ」

「だって、気になって仕方ないんだもの……」

外通路でデレックとメリンダの抱擁を見たときには、もう終わりだと思った。大事に大事に育ててきた初恋は、芽吹く間もなく消えていく。いや、もとよりそうなるのはわかっていたのだが、近くで過ごせば過ごすほどもっと彼を知りたくなる。

——だけど、恋人がいる人のそばにいたいだなんて、いくらなんでもわたしはそんなひどいことを望んだりしないわ。

メリンダがデレックの恋人ならば、これ以上そばにいるべきではないとわかっているのだ。急にジョスリンとマリーが辞めてはエドモンド邸も困るだろう。代わりとなる侍女を、実家に頼んでまわしてもらうほかない。フォルトナー家の侍女ならば、新米だってマリーベルより仕事に長けている。

「メリンダさまはご主人を亡くされたようですよ」

「えっ⁉　ご主人……ということは、あの方は未亡人なの？」

服装からして、親《ちか》しい人物を亡くしたのだろうことは想像できていたが、まさか夫を亡くした女性だとは考えもしなかった。

「では、デレックさまとその……男女の関係ということはありえないわよね」

「そこまでは、わたしにはなんとも申しあげられません」

マリーベルは首を傾げる。

「たとえばご結婚前にひそかに想い合っていた恋人同士ですとか、あるいはマリーベルさまのように初恋のお相手ですとか」

ジョスリンの言葉に、マリーベルはハッと息を呑んだ。

結婚していたからといって、それ以前の関係についてはわからないのである。自分とて、親の決めた縁談を前にして初恋のデレックに会うためにここまでやってきた。もしもメリンダが、かつてデレックを想っていたのなら――

――それどころか、デレックさまもあの女性を愛していらっしゃったら？

引き裂かれた恋人たちが、何かのきっかけで再会を果たす。それはありえない話ではなかった。

「なんにせよ、ただのご友人ではないのでしょう。デレックさまは親身になってメリンダさまを支えていらっしゃるご様子でした」

「……わかったわ。ありがとう、ジョスリン。盗み聞きのようなことをさせてしまってごめんなさいね」

「いえ、あまりお役に立てず申し訳ありません」

そう言ったジョスリンが、そっとマリーベルの手を握ってきた。

たとえメリンダの存在がなくとも、デレックと結ばれるために再会したわけではない。それをジョスリンも知っているのだ。マリーベルの父は娘を愛している。しかし、それとは別に娘の結婚をフォルトナー商会の発展のために考えているところもあった。

「お仕事、しましょうか」

ジョスリンの手を握り返し、マリーベルはにっこりと笑う。

あとどのくらい、デレックのもとで働けるかわからない。当初の予定どおりなのか、それとも早くに切り上げることになるのか。なんにせよ有限の時間を、マリーベルは無駄にしたくなかった。


その日の夜、マリーベルは前夜よりだいぶ遅くなってからデレックの寝室をノックした。

「遅くなりまして申し訳ありません、ご主人さま」

頭を下げると、彼が息を呑む気配が伝わってきた。

――驚いていらっしゃる？　だけど、お休みの前に寝室へ伺うのはデレックさまが命じられたことで……

そう考えてから、理由に思い至った。

彼は、もうマリーベル――否、マリー・ベルズを必要としていないのだ。

侍女のマリーになど手を出さずとも、彼にとって大切な人であるメリンダがこの別邸に到着した。もしメリンダがおやすみのキスをしてくれるのであれば、あえて侍女に頼む必要などないのだと気づいて、マリーベルはきゅっと奥歯を噛みしめる。

不要だと言われるくらいなら、自分から言ったほうがいい。

頭ではわかっているのに、会いたくて会いたくてたまらなかったはずの人に自分から背を向けるのは容易ではなかった。

ふたりの間に、沈黙が佇《たたず》んでいる。

先に口火を切ったのはマリーベルのほうだった。

「……あの、わたしがお邪魔なようでしたら、」

「よく来た」

言いかけたマリーベルの言葉が終わるよりも早く、デレックはそっと両腕を広げた。

その所作は、まるで歓迎されているようにも見えて、マリーベルはメリンダの存在も忘れてしまいそうになる。

「わたしでいいのでしょうか？」

「ほかに誰がいる」

彼は、仏頂面でそう言ってマリーベルを抱き寄せた。

――彼女はデレックさまの大切な方なのでしょう？

忘れることなどできないからこそ、忘れてしまいたいと強く思う。

メリンダの存在を？　それとも、デレックへの淡い初恋を？

幼い日の初恋は、彼との再会を経て色を濃くしている。もう淡い思い出のままで終わらせることなどできない。たとえ二度と会えなくとも、彼に刻まれたキスの温度を忘れることはないだろう。誰と結婚しても、誰に抱かれても——

デレックの腕に抱かれ、マリーベルは静かに目を閉じた。

ゆっくりと重なる唇に、昨晩のような獰猛さはない。それどころかただ唇を重ねるばかりで、彼はその先へと舌を進めることはなかった。

「あ、あの……ご主人さま……」

「物足りないか？」

「いいえ、そういうことではありません。ただ、ぐっすりお眠りになるためにはご主人さまの望まれることをしていただいたほうがよろしいのではないかと……」

使用人が雇用主に意見を述べるなど、本来はあるべきことではない。

もちろんマリーベルも常識として知ってはいたが、実際に彼女の侍女はただの使用人が言わないことも忠言してくれる。そのことをマリーベルは嬉しく思っていた。

「俺の望むことか」

彼は少し目を伏せ、それから室内を見回した。

——何かお望みがあるのかしら？

とはいえ、彼の望む行為がどのようなものなのかマリーベルにはわからない。

何をされるのか考えると、妙に鼓動が早まった。

「そういえば、使用人はその格好のままで寝ているのか？」

唐突にデレックに尋ねられ、意図がわからずにマリーベルはまばたきをした。長い睫毛《まつげ》が震えて、視線の先のデレックが眉根を寄せる。

「いえ、これは勤務中のみの着用です。眠るときには寝間着を……」

「ならばなぜ、俺の寝室へ来るときに着替えてこない」

――それは、わたしがお仕事中だから当然では？

彼はなぜか不機嫌そうにしている。

「寝間着のほうがくつろげるだろう」

「はい。おっしゃるとおりです」

「ならば、そのほうがお互いに――いや、俺が安らぐとは考えなかったのか」

なるほど、彼の言いたいことがわかってきた。

マリーベルが仕事着のままだと、デレックとしても完全にくつろぐことはできないのかもしれない。

「では、明日はそうさせていただきます」

言ってから、ふたりに明日があるのかとまた気落ちする。

「そうだな。明日からはそのように」

マリーベルの気持ちを見透かしたように、デレックは明日だけではなくその先があることも示唆した。

彼が自分を望んでくれている。

そう思うと、胸がじんと熱くなった。

「何か不服なのか?」

「いえ、いいえ! ご主人さまのおっしゃるとおりにいたします!」

仕事中の侍女らしくもない、心からの笑顔。無邪気な子どものように満面の笑みを浮かべて、マリーベルはデレックを見上げた。

——嬉しい。デレックさまは、まだわたしを必要としてくださる。もっと一緒にいさせてくださるんだわ!

「まったく、不思議な侍女だな」

「そ、そうでしょうか?」

「仕事熱心なのか、それとも——」

言いかけて、彼が口をつぐむ。マリーベルは二度三度とまばたきをして、デレックの飲み込んだ言葉を考えるものの、まったく見当がつかない。

「まあいい。早速仕事をしてもらう」

「かしこまりました」

そして、マリーベルはデレックに言われるまま彼のあとをついていく。

寝室に置かれたひとり掛けの深椅子は、背もたれと肘掛けのある大きな作りだ。彼はそこに腰を下ろし、マリーベルに「ここへ」と手招きする。

「ここ、とおっしゃいましても、その椅子はひとりしか座れません」

「だから、ここへ」

指さされたのは、彼の膝の上。

まさかと思い、マリーベルは真顔でデレックを凝視した。

――お膝にどう座ればいいの？　ぜんぜんわからないわ！

そもそも男性の、しかもこの場合は主であるデレックの膝に座るなど侍女としてあるまじき行動にしか思えない。

マリーベルが動かないことに業を煮やしたのか、デレックはぐいとその腕をつかんで膝の上に抱き上げた。

「ごっ……ご主人さま、この体勢は……⁉」

「このほうがじっくり教えてやれるというだけだ。嫌なのか？」

彼の腿《もも》の上に横抱きの格好で座らされ、恥じらいに小さく頭《かぶり》を振る。

――嫌なわけではないけれど、あまりに近くて……

アイスブルーの瞳は初めて会った日と同じ美しさだというのに、彼の唇が笑みの形になることはない。これまでは、笑わないデレックに二種類の理由を考えていた。ひとつは使用人相手とフォルトナー家の令嬢相手では態度が違う可能性。もうひとつは、彼が変わってしまった可能性。

しかし、ここにきて新たな可能性が浮上する。

デレックは心に決めた女性がいて、その相手以外には笑顔を見せないのではないだろうか。

――だとしたら、デレックさまは彼女の前では笑いかけるの？

「嫌でないなら遠慮はしない」

まだ考え込んでいるマリーベルに、デレックが距離を詰めてくる。

形良い耳朶に、彼の唇が触れた。

息を呑むより早く、やわらかな皮膚が甘噛みされる。

「っっ……ん！」

首筋をぞくりと甘い予感が駆け上がり、マリーベルは喉をそらした。

――好きな人に触れられているんですもの。嫌なわけがないわ。それどころか、こうしているともっとデレックさまと近づきたくなってしまう。

けれどそんな気持ちを彼に知られるわけにはいかない。これはあくまで、デレックの安眠のための行為でしかないのだから。

「ぁ、あっ、ご主人さま……っ」

「……いい声だ」

わずかに彼が満たされているのが伝わってくる。耳元で聞いた声には、マリーベルの喘《あえ》ぎを堪能する男の悦びが感じられた。

「キスの相手をするには、もっと俺の作法を覚えてもらわなくてはいけない」

「作法……ですか？」

「そうだ。初々しいふりもいいが、受け身なだけの女は人形と同じだ」

彼が望むのなら、なんだって受け入れる。

初恋という刷り込みだけではなく、冷たい目をした今のデレックを愛しいと思う自分がここにいた。二十九歳の彼のことも、変わらず想う心があるのだ。

「仰せのままに」

だが、心と体はときに一致団結してひとつのものを追い求め、ときに乖離《かいり》して思い通りにならない歯がゆさを噛みしめる。今のマリーベルは、心だけは決まっているもののまだ体が追いつかない。現に、答えた声はか弱く震えていた。

「素直ないい子だな、マリー」

名を呼ばれるだけで、腰の奥に甘い感情が溜《た》まっていく。それは熟れた果実からしたたる果汁のように、それでいてひどく重い油のように、マリーベルの奥深くに澱《おり》となって層を成す。

「唇の力を抜いて、俺に委ねるんだ」

「は、はぃ……、んっ……」

下唇に彼の唇がやんわりと触れる。その瞬間、マリーベルはぴくんと体をこわばらせた。

「力が入っているのがわかるだろう？」

「んっ……あ、ぁ、でも……っ」

「もっと心と体を緩めて」

長い三つ編みをほどかれ、金糸の髪がふわりと広がる。

お仕着せの侍女用のドレスが、肩口まで脱がされていく。

「ほんとうに、おまえは興味深い。この肌は男に触れられるのを待っていたとばかりにしっとり手のひらに吸い付くくせに、キスひとつで泣きそうな声をあげる」

大きな手がマリーベルの肩を包むように撫でた。そのぬくもりに、心がじわりと熱を帯びる。

「今度は、少し口を開いて」

「こ……こう、でしょうか……」

「小さな口だな。もっとだ」

「っっ……、はい、ご主人さま」

言われるまま、目を閉じて口を開ける。

そこにデレックの舌がかすめて、マリーベルは怯えたように腰を引いた。

「逃げるな。自分から舌を出すんだ」

「そ、そんな」

「これは仕事なのだろう？」

熱く火照る頬は、今にも火を噴きそうになっている。喉元までせり上がっているかのように激しく鼓動を打つ心臓。マリーベルは、ぎゅっと目を閉じて赤い舌先を覗かせた。

先端をやわらかなぬくもりが包み込む。彼の唇がマリーベルの舌を吸っているのだ。

――こんな、舌を吸うだなんてはしたない……っ！

いやらしいことをされているのに、体はますます甘く潤っていく。

触れられてもいない下腹部が、じんと熱くせつなく感じられた。

「こうして、舌を吸うのもキスの一環だ」

「は、い……」

「それから互いの舌を絡め合う」

言葉に続いて実際にデレックが舌を絡めてきた。ねっとりと舌裏を舐《ねぶ》られて、マリーベルは反射的に舌を引く。すると、それを追いかけて彼の舌が口腔に差し込まれた。

「ぁ、う……っん！」

「もっと口を開け」

――ああ、この貪られるようなくちづけ、頭がおかしくなってしまうわ。

口の中をいじられるたび、マリーベルは自分が作り変えられていく気持ちになる。彼の教えてくれるキスは、マリーベルがこれまで想像していたものとはあまりに違うのだ。

情熱的で、淫靡で、互いの唾液を混ぜ合うひどく親密なキス。

唇が離れると、銀の糸が細く儚い橋をかける。それが切れる間もなく、デレックは下唇を親指で撫でた。

「もとよりマリーの唇は赤いが、俺にくちづけられると淫らにぽってりと腫れてくる」

「そ、そうなのですか？」

自分でもたしかめようと口元に手を伸ばすが、彼はその指をつかんでデレックの唇に触れさせた。

「っっ……！」

彼の唇もまた、キスのせいで充血している。

「わかるか？」

「は……はぃ……」

今にも消え入りそうな声で返事をしたマリーベルに、彼は焦れた様子で指先を咥えた。

「ゃぁっ……、な、何を……」

形良い小さな爪が、デレックの口に含まれている。軽く吸われ、第一関節に歯が立てられた。

「ご主人……さま、あ、あ、これ……ヘンです……っ」

彼は舌先で爪の付け根を何度も往復する。くすぐったさの中に甘い戯れを感じて、マリーベルは吐息を漏らした。

「細い指だ。それに、とても小さい」

気づけば、デレックの右手が乳房をまさぐっていた。下着の中に入り込んだ手が、裾野からやんわりと膨らみを揉みしだく。

「ん、あ、ぁ……っ」

中心にツンと屹立した部分をかすめるたび、マリーベルの腰が浮きそうになった。

「キスだけで、ここをこんなに固くするとはな。マリー、もっと触れてほしいのか？」

わからない。

ただ、彼の手が乳首をあやすと全身に痺《しび》れるような快感が巡っていく。

デレックが教えてくれた、淫らな悦び。彼だけがマリーベルを甘く溶かしてしまう。

「だったら、もっとよくしてやる」

マリーベルの体を抱え直すと、デレックは再度唇を重ねた。上唇を甘噛みし、強弱をつけて舌先を躍らせる。そのリズムに合わせて、胸の先端がきゅっとつままれた。

「ゃぁ……っ、あ、ぁ、アっ……！」

じっとしていられない。まだ何も知らない無垢《むく》な隘路《あいろ》が、空白を締めつけて収斂《しゅうれん》する。そのたび、マリーベルは耐えかねて腰をよじった。

──わたしの体はどうなってしまうの？　こんなにいやらしく腰を振って、デレックさまに嫌われてしまうわ……！

「物欲しげな腰だ。マリー、もっと触れてほしいのか？」

「わ……たし、ぁ、ああ、でも、こんな……」

ひときわ強く腰が跳ねる。その機に乗じて、デレックがスカートの中に手を入れた。

「ひぁ、んっ……！」

何をされるかわからない恐怖に、マリーベルは両腕で彼の首にしがみつく。

「おい、こら。それではキスができないだろう」

「だって、だって……」

耳元で、かすかに笑い声のようなものが聞こえた気がした。

「ハ……これでは昂《たかぶ》りすぎて眠れそうにないな」

マリーベルの怯えを察したのか、デレックは体に触れるのをやめて両腕で抱きしめてくれる。

大きな手が背を撫で、何度も何度も往復した。

「眠れなくなってしまったのですか……？」

それでは本末転倒だ。

彼の安眠のためのキスが、睡眠を妨げるだなんて。

マリーベルは、考えるより早く顔を上げ、自分からデレックにくちづけていた。

「マリー……？」

「眠れないだなんてお体に悪いです。わたしのくちづけていいのでしたら、いくらでも……」

教わったばかりのつたない舌の動きに、デレックは目を細める。

「ご主人さま、どうか……」

「どうか、なんだ？」

「心地よい眠りが訪れますように……」

下唇に舌を這わせたマリーベルの髪を、デレックは優しく撫でてくれる。

キスが終わるまで、ずっと。

† † †

メリンダのお世話係に任命されたマリーベルは、朝から気合いじゅうぶんに掃除の準備をする。

掃除用具はもちろん、寝具まわりの交換用リネンや燭台《しょくだい》に足す油差し、その他こまごまとしたものをワゴンに積み、ゲストルームへ向かった。

居室に飾る花は、寝起きに中庭でマリーベル自ら摘んだものである。黒一色のメリンダの心を慰められればと、せめて白い花を選んだ。アマリリス、ラナンキュラス、スカビオサ、ライラック。明るい色の花を混ぜることも考えたけれど、夫を亡くしたメリンダにはまだ華やかな色合いはつらいかもしれない。

——メリンダさまがデレックさまにとって大切な方だというのなら、わたしも誠心誠意お世話をさせていただかなくては。

ふたりの関係を邪推しつくした結果、マリーベルはメリンダに尽くすという結論に至った。考えたところで、彼らのことはわからないのだ。そしてデレックがメリンダをどう想っていようと、そもそもマリーベルが何か感じることではない。彼らの関係は彼らだけのものなのである。

母を亡くした直後の悲しみを、マリーベルは今でも忘れられない。

月日が経つにつれ、鋭い痛みは消えていく。けれど傷のありかに手をふれれば、いつまでたっても癒えない鈍痛が残っていた。

ゲストルームの扉の手前にワゴンを停め、マリーベルは二度ノックをする。

「はい」

室内から小さな声が聞こえた。

「メリンダさま、おはようございます。お部屋の掃除にまいりました」

アゾルから、メリンダは朝食を摂《と》らないと言われている。また、食が細いのでこまめにお茶のご用意をするように、とも繰り返し聞いていた。

「……どうぞ」

扉を開け、ワゴンを押して居室に入ると、室内はまだカーテンが引かれたままだ。暗いのが好きなのだろうか。そう考えて、はたと気づく。自分とて、実家にいるころは自らカーテンを開けたことなどなかったのだ。つまりこれは、メリンダが好んで暗い部屋にいるのではなく、マリーベルの落ち度である。

「申し訳ありません。すぐにカーテンを開けますので」

慌てたマリーベルの声に、メリンダが力なく首を横に振った。

着替えは自分ですると聞いていたが、今日も彼女は黒いドレスを纏っている。しかし見事な赤毛はおろしたまま、背にやわらかく流れていた。

「カーテンはこのままで結構です。それと、お掃除も自分で……」

「いけません！」

客人を暗い部屋に押し込めておくばかりか、掃除までさせるだなんてどう考えても異常だ。普通、身分の高い女性は縦の物を横にもしないのである。掃除など、生まれてから死ぬまで一度もしないのが当然なのだ。

それを、ナイトレイ侯爵邸では客に掃除をさせるなんて近隣で噂になれば、マリーベルが解雇されるだけにはとどまらず、デレックも笑いものになるのは必然で。

「あ、あの……マリー？」

思わずマリーベルはメリンダの両手を握っていた。

「メリンダさま、わたしなどがこんなことを申しあげるのは僭越《せんえつ》と存じております。ですが、どうか少しだけお耳をお貸しくださいませ」

マリーベルの言葉に、メリンダが戸惑いがちに頷く。そういえば昨日挨拶したときから、彼女はずっと悲しげな顔をしていた。初めて、それ以外の表情を見たような気がする。

「カーテンを開けるのも、お掃除をするのも侍女の仕事なのです。それをお客さまがなさってしまっては、わたしは解雇されるかもしれません」

「まあ、そのとおりだわ。ごめんなさい、わたしったら……」

「……それに、暗いお部屋にいては悲しみが増幅されます。お掃除だって、わたしがんばります。メリンダさまが快適にお過ごしくださるよう、精いっぱい努めます。ですから、どうか」

そこまで言って、言葉に詰まる。

元気を出してくださいなんて、言えるはずがなかった。幸せに暮らしてくださいとも言えそうにない。

喪失感は、生きる力を奪って心をからっぽにしてしまうことを、マリーベルも知っていたから。

「マリーは優しい子なのですね」

メリンダが、初めてうすく微笑んだ。

「いえ、そんな……わたしはただ、ただ……」

「ありがとう。でも、どうか気にしないで。わたしは本来侯爵さまの客人にふさわしい人間ではないのです」

彼女がどんな意味でそう言ったのかはわからない。

デレックが客として招いたのなら、その相手こそが客人だ。

「わたしは貴族でもなければ富豪の娘でもなく、もともとは市井の生まれなの」

「だとしても、デレックさまのお客さまに違いありません」

「それに、デレックさまはわたしの……」

そこでメリンダは、躊躇するように言葉を呑《の》み込《こ》んだ。マリーベルとしては、その続きが気になる。もっとも気になるところである。

――だからといって、続きをうながすわけにも……

そもそも、メリンダがどのような身分であれデレックの客人だと言ったのはマリーベルなのだから、どういう関係かはっきり聞きたがるのはよろしくない。まして侍女はそのような詮索をすべきではないのだ。

「メリンダは俺の異母妹だ」

沈黙をやぶったのは、デレックの声だった。

「ご、ご主人さま！」

開け放したままの入り口に立って、デレックが腕組みをしている。なぜ彼がここにいるのか。いや、それよりも今、デレックはなんと言った。

「デレックさま、それは表立って言うことでは……」

メリンダが申し訳ないとばかりに目をそらす。

「側仕えの侍女にまで真実を明かせないのでは、気が休まる暇もないだろう」

「ですが……」

ちらりとこちらに目を向けたメリンダに、マリーベルは大きく頷いた。

「ご心配はいりません。わたしは決して誰にもそのことは言いません」

デレックが言うなと命じれば、それをやぶるつもりなど毛頭ない。ジョスリンにだって秘密にするつもりだ。

「……知らなかったのか？」

そんなマリーベルに、デレックが気の抜けた声で問いかけてくる。

――え？　それはどういう意味？

「いや、アゾルからメリンダの世話を頼まれたのだろう？　そのときに聞いていないのか？」

「アゾルさんからは、ご主人さまの大切な方だと伺っております」

それ以外は何も聞いていない。

アゾルは有能な執事だ。だからこそ、主にとって重要な情報ほど秘めておく。

「マリーは献身的な女性だ。だから、遠慮なく頼るがいい」

献身的の部分を強調したデレックが、言い終えると小さく息を吐いた。

「そうなのですね。マリー、いろいろとお世話になることもあるかと思います。どうぞよろしく」

「はい、こちらこそ至らないところが多いかと思いますが、どうぞよろしくお願いします」

昨日から抱えていた悩みが晴れて、マリーベルは花の咲くような笑顔で応える。

彼女の笑顔の理由を知らないメリンダは、安堵したように少しだけ表情をやわらげた。

——ああ、よかった。ご両親も亡くして兄弟姉妹もいないと聞いていたけれど、デレックさまはひとりぼっちなわけではなかったのね。メリンダさまのような優しい妹がいるなら、きっと……

だが、デレックの異母妹が市井の育ちだというのは気になる部分もある。また、先のナイトレイ侯爵は後添えを迎えていたという話も聞いていない。

おそらくは、複雑な事情があるのだろう。マリーベルは侍女らしく、余計な詮索をせずに仕事に励むことにした。

メリンダの顔を見て安心したのか、デレックはすぐに姿を消した。もしかしたら、扉が開いていたから会話が聞こえて顔を出したのかもしれない。

「マリーはデレックさまにたいそう信頼されているのね」

「光栄ですが、わたしはまだ新入りなんです」

「そうなの？」

「はい。それで実は、至らないところがあるというのも謙遜ではなくて……」

はにかんだマリーベルに、メリンダが首を横に振った。

「先ほどは言いそびれたけれど、わたしもあなたと同じくらいの年頃に子爵家で侍女をしていたの」

「えっ、メリンダさまがですか？」

本来、マリーベルも侍女をするような育ちではないけれど、貴族の娘が使用人をしていたというほうが驚きだ。

「侯爵さまがご存命の間、わたしと母は街に小さな家を借りてもらって暮らしていたのだけど、次第にお足が遠のいて生活に困るようになってしまったの。それで、母は働くことが嫌いな人だったからわたしが……」

メリンダの話によれば、彼女はデレックの父と街の女の間に生まれたのだそうだ。街の女というのは、いわゆる酒場などで働く女性のことである。晩酌のつきあいをし、望まれれば金額次第で夜のつきあいをする。そういう職業をマリーベルはまったく知らなかった。世の中には様々な仕事があるものだ。

「マリー、ほんとうに知らなかったの？」

「はい、不勉強でお恥ずかしいです」

「まるで、お屋敷で育ったお嬢さまのよう。清らかな女性なのね」

事実、深窓の佳人と呼ばれるマリーベルだが、それは明かすことができない。メリンダが秘密を明かしてくれているのに、自分だけが偽っているのは心が痛む。

「わたしが子爵家で働いて母を養っていたのだけれど、その……お屋敷の次男のアンソニーに恋をしてしまったの」

思わず、ハタキを握る手に力がこもった。

貴族令息に恋する侍女。まるで今のマリーベルと似た境遇だ。

「アンソニーは、とても優しい男性だったわ。幸せなことに、彼もわたしを想ってくれた。けれど彼との関係を続けるというのは、結婚を諦めることだったの」

街の女についてはわからずとも、貴族の息子が侍女と結婚できない理由はよくわかる。正しくは、一族郎党が認めないだろうという境遇がわかるというべきか。

「でも、わたしのお腹に子どもができて、アンソニーは結婚しようと言ってくれた」

「まあ！　書物の恋物語のようです！」

「うふふ、ほんとうにそうよね。だけど、書物でもたいてい身分違いのふたりは引き離されるのではなくて？」

「え……では、メリンダさまも……」

「わたしが子爵家に居づらくなって母のもとに帰ると、ちょうど侯爵さまの訃報が入ったの。それで母が、アンソニーさまとのことを知って、デレックさまに相談に行こうと……」

それは六年前のこと。

アンソニーの家族から結婚を反対されたメリンダは、初めて異母兄のデレックと会ったのだという。

デレックは母の生前から父と関係のあったメリンダの母に対し、嫌悪感を表すこともなく、話を聞いてくれたそうだ。どうやら、メリンダの母以外にもデレックの父は何人か女性がいたらしい。好色な男性だったのだろう。

「そして、デレックさまが結婚を後押ししてくださって、わたしの後見人になってくれたの。そのおかげでアンソニーと結婚することができた。かわいい息子のショーンも授かった。それなのに……」

メリンダが、両手で顔を覆う。

そうだ。彼女は夫を亡くしたのだ。

「は……流行り病で、アンソニーはわたしを置いていってしまったの。それなのに、ショーンを義兄夫婦に奪われて、わたし、わたしは……」

「メリンダさま……」

マリーベルには、夫を見送る気持ちも息子を奪われる気持ちもわからない。それでも、メリンダが悲しみに暮れているのはわかる。愛する人を失うことを想像するだけで、心はいつだって悲鳴をあげるのに、それがメリンダの現実なのだ。もう二度と会えない。触れることもできない。声を聞くことも、手をつなぐことも、二度とかなわないだなんて。

「ショーンを……取り戻したくて、デレックさまに相談に伺ったの。だから、ね、マリー」

涙に濡《ぬ》れた瞳で、メリンダはマリーベルを見つめる。

「よかったら、わたしのことは客人だなんて思わないで。少しの間、お友だちになってくれる？」

微笑んだメリンダは、記憶の中のデレックと少し似ていた。

彼と同じ、優しい笑顔だった。

† † †

午後の薄い水色の空は、デレックの瞳を思い出す。

中庭の四阿《あずまや》に紅茶を運ぶマリーベルは、空を見上げてせつない気持ちになった。

メリンダと打ち解けてからというもの、デレックの寝室には行っていない。夜になると不安になるメリンダが、遅くまでマリーベルを部屋に引き留めるのだ。

結局、毎晩寝るのが遅くなってしまうため、務めを果たすことができない。

もちろん、主であるデレックにはその旨をきちんと報告してある。

「わかった。そういうことならば、俺よりもメリンダを助けてほしい」

彼はマリーベルを引き止めることなく、異母妹の世話をまかせると決めたようだった。

とはいえ、エドモンド邸に来て十日が経つ。マリーベルに残された時間は限られていて、実家へ帰れば顔も知らない男との縁談が待ち構えているのだ。

もう少し、デレックを見ていたい。そう思いながらも、孤独を抱えるメリンダを放っておくこともできず、ジョスリンからは「マリーは優しすぎますから」と苦笑されてしまった。

——わたしは、別に優しいわけではないわ。ただ、メリンダさまをひとりにしたくないだけ。

デレックが生きていてくれる限り、マリーベルが結婚したあとでもどこかでひと目姿を見ることはできるかもしれない。けれどメリンダはそうもいかないのだ。愛する夫と今生で会うことは叶《かな》わない。ならば、自分のことよりもメリンダを優先したいと思った。

「メリンダさま、お紅茶をお持ちしました」

「ありがとう、マリー」

最近では、メリンダが侍女の仕事を教えてくれることもあった。なにしろ、彼女は子爵邸でかつて侍女として働いていたのだ。新人侍女から見れば先輩である。

今日も、メリンダのお茶の間、マリーベルは紅茶の淹《い》れ方《かた》を教わっていた。

「——ということで、どうかしら。あとは実際に試してみるのがいちばんだと思うのだけど」

「ありがとうございます、メリンダさま」

今のところ、紅茶は執事のアゾルかジョスリンが準備してくれている。もとはデレックの紅茶はかならずアゾルが淹れていたのだ。やってきたばかりのジョスリンが同じ仕事をまかされているのは、ひとえに彼女の有能さによるものだろう。

「あの、ご迷惑でなければ早速試してみてもいいでしょうか？」

「まあ、おかわりを淹れてきてくれるの？」

「はい、お許しをいただけるようでしたらぜひ」

この十日で、マリーベルは働くことの楽しさを知った。

家にこもっているばかりではわからなかった、労働の喜び。誰かのために働き、少しでも自分が役に立ったと思えたときの達成感。そして、体を動かしたあとの睡眠は格別である。朝が苦手だったマリーベルが、最近ではすっきりとした目覚めを迎えているなんて、兄のセオドアが聞いたら仰天するだろう。

「もちろんよ。それではマリー・ベルズ、紅茶のおかわりを準備してきてくれる？」

「かしこまりました、メリンダさま」

ワゴンを押して厨房へ向かう。毎朝掃除する中庭は、マリーベルにとっても特別お気に入りの場所だった。最初は箒の扱いもわからず、掃き掃除さえろくにできなかった。もちろん、今でも侍女としてはぎりぎり及第点がもらえるかどうかの働きしかできないのだが、最初のころよりできることも増えてきているはずだ。

——厨房に戻るのだったら、そこの茂みを抜けたほうが近道ね。

マリーベルは、来たときとは違う小路《こみち》をたどる。すると、木陰でいきなり腕を引かれた。

「ひっ……！」

何が起こったのかわからず、体をひねって逃げようとする。けれど、よじろうとしたはずの体はしっかりと抱きしめられて身動《みじろ》ぎひとつできない。

「マリー、静かに」

頭上から聞こえてきたのは、デレックの低い声だった。

「ご、ご主人さま……？」

——デレックさま、どうしてここに？

顔を上げると、木の葉の隙間からこぼれ落ちた日光が、彼の黒髪を照らしている。

肩越しに見る青空は、先ほど思ったとおりデレックの目と同じ色だ。

——あら？　なんだか、少し顔色がよろしくないみたいだわ。

「不躾《ぶしつけ》なことをしてすまない。だが、俺はとても困っている。わかるな？」

さっぱりわからず、マリーベルは長い睫毛を小刻みに揺らした。

メリンダの世話をするよう言いつかり、自分なりに精いっぱいつきそってきたつもりだ。それでデレックを困らせることになるなんて、考えもしなかった。

「……おまえが来る以前よりも、眠れなくなった」

「えっ」

「だから、俺がよく眠れるようくちづけをさせてもらう」

もとより不眠気味だったというデレックだが、以前より悪化したというのならそれはくちづけよりも医者を呼んだほうがいいのでは——と考えているうちに、マリーベルの返事など待たず、彼は唇を重ねてくる。

「ん、んんっ……」

久々の感触に、一瞬で胸がせつなくなった。

甘く狂おしいキスが、マリーベルの心を乱す。口腔で躍る舌は、もっと深いところまで届いているように感じてきた。胸の奥、心の底まで舌で攪拌《こうはん》される錯覚に、ただ目を閉じてキスを受け入れるしかできない。

「ああ、マリー。マリー……」

彼の声が情熱的にかすれていた。

夜の寝室で聞くのとは違う、切実で苦しげな声。

どちらからともなくくちづけは深まり、絡み合う舌と舌がお互いを求めて淫靡な音を立てる。

それに混ざって、浅く短い呼吸の音が葉擦れにかき消されていった。

——ずっと、こうしていたい。もっとくちづけて、もっとわたしを求めてくださったら……

そう思ったマリーベルの心を読んだように、デレックが耳元に顔を寄せてきた。

「……今夜は、俺の寝室へ来てくれ。待っている」

「ですが、ご主人さま」

「メリンダには、俺から話をしておく」

すっと体を引くと、着衣の乱れを直してデレックが中庭の四阿へ歩き出した。

――今夜、寝室に……？

それは、遠ざかっていた甘い夜を再び取り戻すことにほかならない。

彼に触れられるのは悦びであり、幸福な思い出作りだと知っている。だが、メリンダの話を聞いてから、マリーベルはひとつ不安に思うことができた。

――けれど、あんなことを続けたらそろそろわたしにも子どもができてしまうのではないかしら。

夫婦が愛を確かめ合うことで、子どもを授かる。しかし、外の世界に出たマリーベルは知ってしまったのだ。夫婦でない男女であっても、夜をともにすることで子どもができる。侯爵とメリンダの母がそうだ。

純潔を失ったとしても、デレックの子を宿してほかの男性のもとへ嫁ぐことは許されない。

――もし、もしも、彼の子どもができたなら。

ひとりで、家を出よう。マリーベルは、心のどこかでそう覚悟している自分に気づいた。

ずっと憧れてきた、初恋の人。

そのデレックの子を授かるというのならば、父や兄に迷惑をかけるとわかっていても縁談は受けられない。相手を騙すことがいやだというのもあるけれど、もしも神がデレックとの関係を認めて子を与えてくれたら、マリーベルはひとりで育てるつもりなのだ。

箱入り令嬢に何ができると思うところもある。だが、今まで何も知らなかったマリーベルでも、こうして侍女として働くことでたくさん学んだことがあった。

家庭教師が教えてくれる勉強とは違う。

生きていくためのさまざまなことを学んだ。

――デレックさまは、どういうおつもりでわたしに触れるの？　眠るためだというのはわかっているけれど、もしわたしが孕《はら》んでしまったらどうされる気なの……？

早く紅茶のおかわりを準備しなければ。

マリーベルは厨房への道をたどる間、せっかくメリンダから教えてもらった紅茶の淹れ方をすっかり忘れていた。頭の中は、デレックでいっぱいになってしまったから――

第三章　ご主人さまの欲望

王都の別邸には、連日招待状が届く。

その中で、デレックは王族からの招待にのみ最低限顔を出していた。それ以外の貴族が開く夜会や音楽会、食事会は近年参加したことがない。

本音を言えば王宮で行われる舞踏会にも興味がないのだが、侯爵たる自分が王家とのつきあいを怠ると領地の領民たちに影響があるかもしれない。そのため、謁見の機会がある催しには足を運ぶことにしている。

「ご主人さま、本日お届きのご招待状をお持ちいたしました」

執事のアゾルは、デレックの考えをよく理解してくれていた。主の元に手紙を運ぶ前に送り主を確認し、重要度によって分別しておく。

「こちらは諸侯からの招待状、縁戚のクロムウェル氏からの挨拶状、インディガー子爵夫人からの音楽会の招待状となっております」

「……インディガー子爵夫人だと？」

ほかの貴族からの招待状とは分けた一通に、デレックが眉根を寄せる。

それもそのはず、インディガー子爵はメリンダの義父にあたる人物だ。ただしくは、亡くなった夫アンソニーの父親である。

アンソニー亡きあと、メリンダから息子のショーンを奪い、彼女を追い出しておきながら、どんな顔でデレックに音楽会の招待などできたものか。そう考えると体の奥深くから怒りが湧いてくる。

これを利用すればインディガー子爵夫人と直接会って話すことが可能だ。

「ご苦労。レターボックスに並べておいてくれ」

「かしこまりました」

アゾルが出ていったあと、デレックは目頭を親指と人差指でぐっと押さえる。

満足に眠れない日が続くと、頭痛でひどく気持ちが荒れるのだ。

——だが、今夜はマリーに寝室へ来るよう言ってある。

見た目こそ愛らしいが、それ以外に特筆するところのない娘だと思っていた。富豪の屋敷で働き、主の息子と懇ろになるような卑しい女のはずだった。少なくともデレックはマリーと出会った当初、彼女のことだけではなく世の侍女に対してそういった考えを持っていた。

血を分けた異母妹のメリンダですら、もともとは子爵令息のお手つきが原因で結婚したようなもの。金や身分のある相手と関係することで、女たちは将来の安定を得ようとする。街の女が金で体を売るのと大差ないではないか。いっそ、それより強欲にすら思える。ひと時の快楽で未来を手に入れようとするのだから。

――だが、今の俺にはマリーが必要だ。

彼女がいないと眠れない。

メリンダの側仕えはジョスリンに任せ、マリーをはずすことも考えた。ところが気づいたときにはすでにメリンダがマリーをいたく気に入ってしまったあとだったのである。

異母兄妹の双方から必要とされるマリーとは、いったいどんな人物なのだろう。

今になって、デレックは彼女のことを詳しく知らない自分に苛立った。たとえば彼女は父が病気だと言っていたが、なんの病なのか。実家はどこにあるのか。彼女が望むなら、いい医者をつけてやってもかまわない。社交界シーズンさえ終われば、王都に滞在する必要はなくなるのだ。そうなったあと、彼女の父をデレックの領地で療養させてもいいのでは――

そう考えて、彼は奥歯を噛みしめる。

自分に、そんな権利はないのだとデレックは知っていた。

しかし、彼女はこの屋敷内にいて呼びつければすぐデレックの寝室にもやってくるのに、その心の内をいっさい明かしてくれない。デレックの行動を咎《とが》めるでもなければ、見返りを欲するわけでもなく、ただ献身的に尽くしてくれる。

——女性とは、もっとしたたかなものだろう？　マリー、それともおまえはただ清らかな心で俺に仕えているとでも……？

そんな女性の存在を否定しながら、デレックはマリーに期待してしまっていた。

明るく純真で、すぐに頬を染めるマリー。

それでいて、何もかもを受け止める度量の広さも持ち合わせているマリー。

デレックにどんなことをされても、彼女は本気で拒むことをしない。デレックの考えでは、侍女が主とそういった関係になるのは打算によるもののはずだ。

——メリンダはそうでなかったのかもしれないが、彼女はアンソニーに恋をしていたのだから事情が違う。少なくともマリーは、俺と出会ってすぐにくちづけを受け入れている。

それが恋慕ではないのなら、デレックに肌を許す理由はマリーがよほど慈悲深い女性か。あるいは計算高い女性か。

だが、彼女だけはほかの女性とは違うと思いたい気持ちがあった。

だから今夜、デレックはマリーを部屋に呼んだのだ。

マリー・ベルズの真実を知りたい。今夜、彼女のすべてをあばきたい。

——その結果、彼女が男の心を手玉に取ることに長けた侍女だというのなら、こちらも利用すればいいだけの話だ。

単純なはずでいて、割り切れない心を残す余情がデレックにため息をつかせる。

なぜたかが侍女ひとりに、こんなにも気持ちを乱されてしまうのか。デレックは自分の心を未《いま》だ知らない——

†　†　†

——寝間着で廊下を歩くのは、なんだかひどく心もとない気持ちがするわ……

マリーベルは、寝間着の上からジョスリンが用意してくれた肩掛けを羽織る。二年前、フォルトナー家の侍女たちは編み物をするのに凝っていた。意中の異性に送ったり、侍女同士で交換したり、ときには街の孤児院に寄付をする者もいた。ジョスリンは、実家の家族と自分用の防寒具を編んでいたけれど、毛糸の肩掛けとはこんなにも温かいものだったのか。

手燭を右手に、マリーベルは肩掛けに体を包んで歩く。

メリンダは、デレックに早寝を命じられてすでに寝台に入っているはずだ。

——メリンダさま、泣いていないといいけれど……

夜になると寂しくなるという彼女の気持ちが、マリーベルにも少しだけわかる。ここ数日、メリンダが寝ついたのを確認してから使用人部屋に戻っていたのだが、ひとりで寝台に入るとデレックのことを思い出した。彼のぬくもりが、彼の吐息が、ひどく恋しくなるのだ。

知らずしらず早足になり、マリーベルはデレックの寝室へ急ぐ。

扉の前に立ち、呼吸を整えるため息を吸う。

けれど今からデレックと会うのだと思うと、それだけで心が逸《はや》るのを止められない。なかなか整わない息に両手で胸を押さえた、そのとき――

「っっ⁉」

部屋の内側から、唐突に扉が開かれた。

外開きの扉にぶつかりかけて、マリーベルはその場に尻もちをつく。手燭を落とさなかったのは幸いだ。

「……何をしている」

不機嫌そうな声が、頭上から降ってきた。

「ご主人さま、あの、遅くなってしまい……」

廊下に座り込んだまま、マリーベルはジョスリンの肩掛けを握りしめた。

「遅いから、屋敷の中で迷っているのではないかと心配したが……。そういうことではなかったようだな」

目の前に、デレックの右手が差し出される。

これは、手を貸してくれるという意味なのだろうか。

マリーベルはおずおずとその手をつかんだ。刹那、一気に体が引き上げられる。今度こそ手燭が危ないと思ったものの、彼は器用にマリーベルからそれを奪い取った。

「あ、ありがとうございます」

「おまえを待っていた」

そのひと言で、胸がぎゅっと締めつけられる。

笑顔を見られなくても、彼がどうして変わってしまったかわからなくても、やはりマリーベルの気持ちは同じだった。

――いいえ、それどころかわたしは再会する前よりも今のほうがずっとずっとデレックさまに惹《ひ》かれているみたい。

寝室に足を踏み入れると、寝台脇のテーブルに飲みかけの葡萄酒が置かれている。マリーベルを待っている間、手持ち無沙汰で飲んでいたのだろうか。

「ご主人さま、遅くなってしまい申し訳ありません」

「時間を約束したわけでもないのだから、謝ることはない。それよりも、今夜は寝間着で来たのだな」

彼の声が、少し優しくなった気がした。

――寝間着のほうがやわらかくて、くつろげるというのはよくわかるわ。

問題は、デレックといるだけでマリーベルが緊張してしまうことである。これからするであろうキスやあれこれを考えて、心が期待してしまうのだ。

もちろん、夫婦でもない間柄でこの行為を続けることがいかにふしだらかはわかっている。

父が知れば怒り狂い、兄は驚愕するだろう。

――お父さま、お兄さま、ごめんなさい。わたしは、デレックさまが大好きなの。

マリーベルは自分からデレックの手をそっと握った。その瞬間、彼の体がぴくりとこわばる。けれど、振りほどかれることはなかった。

「……紅茶の淹れ方はなかなか覚えられないようだが、俺の教えたことは忘れていないだろうな」

そう言われて、マリーベルは小さく頷く。

重ねた唇も、キスの仕方も、恥ずかしいくらい何度も思い返していた。忘れるどころか、そのぬくもりを味わいたくて。

「では、おさらいの時間だ。マリー」

彼は寝台に腰を下ろすと、テーブルにマリーベルが持ってきた手燭を置いて、かわりに葡萄酒のグラスを持ち上げる。

「こちらへ来て、俺の教えたようにキスしてくれ。じょうずにできたらご褒美をやろう」

「わ、わかりました!」

――がんばらなくては。デレックさまがよく眠るためには、わたしのキスが必要なんですもの。

たとえその理由が愛情でなくとも、彼に求めてもらえることは嬉しい。

考えてみれば、最初からマリーベルはデレックに愛されるなんてだいそれたことを望んではいなかった。それが、予定とは違ってデレックのそばで暮らし、ふたりきりの時間まで過ごすことができたのだ。

——だから、わたしは幸せなんです、デレックさま。

長身のデレックだが、寝台に座っているとマリーベルより視線が低い。

そっと彼の両頬に手を添えて、マリーベルは唇を寄せた。

いつもと違う——そう、葡萄酒の香りが彼の唇から感じられる。それに引き寄せられるように、舌を伸ばした。

マリーベルは、この年まで葡萄酒を飲んだことがなかった。ただ、濃厚な甘い香りは父や兄が食事時に飲んでいるので知っていた。

——これが、葡萄酒の味……

下唇に舌を這わすと、舌先に甘い刺激を感じる。

「そうだ。ちゃんと覚えていたんだな」

「忘れません。わたし、ご主人さまに教わったことは……」

なぜだろう。胸が痛い。

「よくできた侍女には褒美だ」

彼は葡萄酒のグラスをあおり、片手でマリーベルを引き寄せる。

「んっ……！」

デレックからキスされて、そのまま――

葡萄酒が、口移しでマリーベルの口腔に流し込まれる。

「ん、んんっ……」

こくん、と飲み込んだ液体は、想像していたよりもずっと大人の味がする。

舌と喉がびりびりして、マリーベルは小さく身震いした。

「ご主人さま、これは……」

「十九歳なら葡萄酒くらい嗜《たしな》んでもおかしくない」

「ですが、わたし、飲んだことがないのです。喉が熱くて、なんだかヘン……」

喉だけではなく、胃のあたりがぽっと熱を感じる。

「では、もっと俺にしがみつけ。さあ、もうひと口だ」

「ゃ……、だ、駄目です……んっ、んぅ……！」

けれど、先ほどよりも多くの葡萄酒がまたも口移しで送り込まれてくる。

――熱い。喉も胃も、耳の奥まで熱くなっていくわ。

喉を甘く焼く葡萄酒に、不安で目を閉じる。

このまま、内臓まで熱を帯びていくのだろうか。飲酒の経験がないマリーベルには、自分がどうなってしまうのかわからない。

「は……っ……、あ、もう……っ」

体に触れられたわけでもないのに、おかしな声が出る。

そんなマリーベルを見て、デレックが目を細めた。

「いつもより敏感になっているようだな」

彼の視線の先、寝間着の上からでもわかるほど、胸の先端が屹立していた。

それが恥ずかしくて、マリーベルは両腕で自分の体を抱きしめる。

「わ、わたしに飲ませる必要なんてありません。ご主人さまがお飲みになってくださ……」

「そうか？」

じっとマリーベルの顔を覗き込んで、デレックが頬に指を這わせた。

「頬が赤くなっている。俺に触れられるときと同じように目が潤んでいるのもいい。これだけでじゅうぶん、おまえに飲ませる理由があるだろう」

体が、今までデレックにされたことを覚えている。

触れられ、つままれ、舐《ねぶ》られ、吸われ——そのたび、はしたない声をあげた記憶。

「目をそらすな」

「はぃ……、ん、んんっ……！」

先ほどより強引に唇を奪われ、息もできなくなる。舌が口腔を甘くなぞり、得も言われぬ感覚にマリーベルは彼の体にしがみついた。

粘膜に残る葡萄酒の味を探るように、デレックの舌がうごめく。

──わたし、ヘンだわ。キスだけで体が火照ってしまう。腰の奥が、熱くなって溶けていくみたい……

「そうだ。そのまま、俺につかまっていろ」

ぐん、と体が持ち上げられる感覚に、心臓が高鳴る。こうして彼に軽々と持ち上げられるのは何度目だろう。もう数えられないほど、こんな夜を過ごしてきた気がして。

──好き、デレックさま。今だけでいい。ずっとそばにいたいなんて願わないから、もっと抱きしめてください……!

言われるまま愛する男にしがみつき、マリーベルは寝台に下ろされた。

「ぁ……、あの、ここは……」

「寝台だ。今夜はこちらのほうが都合がいい」

「そうなのですか……?」

葡萄酒のせいか、あるいはデレックの甘いキスの効果なのか。マリーベルは、何も考えられなくなっていく。

「頬だけではなく、鎖骨のあたりまで赤くなっているな。どこまで染まっているのか見せてもらう」

しゅるりと胸元のリボンがほどかれ、寝間着がいともたやすくはだけられる。まるで今の自分は熟れた水蜜桃のようだ。彼の手であばかれていく肌が、甘く蕩けてしまいそうに思えた。

一糸まとわぬ姿で、彼の両腕に抱きしめられる。

「美しい体だ。今夜はすべてを見せてもらう」

しどけなく寝台に横たわるマリーベルに、デレックがそう言って覆《おお》いかぶさってきた。

体の大きな彼にのしかかられ、反射的に体が逃げそうになるけれど、それを予測していたとばかりにデレックはマリーベルの体を抱きしめた。

「待っ……」

彼の手が触れた部分が、ゾクゾクと甘い予感に粟立つ。

──じっとしていられない。くすぐったくて、なんだかおかしな気持ちになってしまうわ。

恥ずかしげに体をくねらせるマリーベルを見て、デレックがフッと息を吐く。

「どうした、もう期待で我慢できなくなっているのか?」

「そ、そんなことは……」

けれど、彼の言うとおりなのだろう。

この別邸へ来るまで、マリーベルは何も知らない娘だった。純潔を捧げる意味も、その行為についても何も知らず、ただ美しいことのように思い描いていた。

「……いえ、ご主人さまのおっしゃるとおりなのかもしれません」

恥じらいを押し殺し、彼の背に手を回す。

残された時間は十日強。

社交界のシーズンが終われば、デレックは領地へ帰っていく。

本邸で雇うかどうかはここでの働き次第と言われていたが、そこまでついていくことはマリーベルにはできないのだ。このまま行方をくらませば、父はマリーベルを探すだろう。そうなると、ジョスリンもフォルトナー家に戻れなくなってしまう。退職金ももらえなくなるし、ほかの屋敷で働くにも紹介状がない状態では今回のエドモンド家のような奇跡でもなければまともな職につけなくなる。

――わたしのわがままに、ジョスリンはいつもつきあってくれた。これ以上迷惑をかけては駄目。

だから、マリーベルは社交界シーズンが終わったら、彼のもとを去らなくてはいけないのだ。

「ならば、どうしてそんな泣きそうな目で俺を見る」

その問いに答えず、マリーベルは愛しい人にくちづける。

彼が教えてくれたくちづけに、精いっぱいの心を込めた。

「……は、ぁ……っ」

長いキスを終えると、自然に口から艶《なま》めかしい吐息が漏れる。それを掬《すく》いとるように、デレックが再度唇を重ねてくる。

「ん、ぅん……っ」

「もっとだ。もっと、おまえを味わいたい」

彼の手が、脇腹をつう、となぞる。腰がはしたなく跳ねたのを見計らったように、デレックが腿の間に膝を挟み込んできた。

「ぁ、あ、ご主人さま……ぁっ……」

「肌をさらしたせいか、いつもより体が熱くなっているな。ここも待ちわびるように立ち上がって、俺を誘っているぞ」

体を起こしたデレックは、マリーベルの胸の先端を左右同時につまみあげた。

全身に甘い痺れが広がって、背がしなる。

「ああ、ぁ、そこ……ひ、ぁん！」

「ここをいじられるのが好きか？」

ぎゅっと目を閉じ、彼の言葉に首肯する。触れられているだけで、心に直接刺激を与えられている気持ちになる。彼の指が、根元をコリコリと捏《こ》ねた。

「！　ぁ、あ……っ、そんなにしないで……っ」

「嘘つきな唇だ。嫌ならば、なぜこんなに体が反応する？」

「だって……、あ、あっ……！」

——だって、あなたのことが好きなんです。

それは、決して言葉にできない想い。

「ああ、我慢できそうにない。今夜は特別なくちづけをさせてもらう」

胸元から手が離れ、一瞬の寂しさののちにマリーベルは両脚を左右に大きく割られた。

何が起こっているのか、頭がおいつかない。

彼女は今、無防備な脚の間をデレックの目の前にさらしているのだ。

「や、いやっ……」

必死に脚を閉じようとする。けれど、男の力にかなうはずもない。

彼は両膝を手で押さえたまま、鼠径部に顔を落とす。臍《へそ》の下あたりに唇を感じ、言葉にならない何かが腰の奥で甘く蕩ける。

「お願いです。そんな、そんなところに……」

「いい子にしていれば、もっと善《よ》くなる。わかっているのだろう?」

何もわからず、マリーベルは必死に頭《かぶり》を振る。月光のような金糸の髪が、シーツの上で波を打った。

か弱く抗う脚が、ぐいと引き上げられる。腰が浮き、背が浮き、枕からずるずると滑り落ちたマリーベルは、あられもない格好に目を瞠った。

太腿がデレックの顔を挟み込んでいる。膝立ちになった彼は、マリーベルの腿の付け根を両側からつかみ、脚の間に口元を埋めていたのだ。

「いやぁ……っ……、き、たないですから……っ」

「ここを舐められるのは初めてなのか？　怖がらなくていい。素直に感じろ」

ぴちゃ、と舌先が躍る。

マリーベルの角度からは、彼の舌先は見えない。けれど閉じた柔肉を舌がたどるのがわかる。

「ああ！　ぁ、駄目、駄目ぇ……っ」

浮いた腰ががくがく揺れる。

それでもデレックは口を離す気配はなかった。

――どうしてそんなところにキスするの⁉　ああ、いや、いやなのに……っ！

これまで感じたことのない愉悦が、体の内側に湧き上がってくる。

舌がゆっくりと亀裂を往復する。せめてもの救いは、ぴたりと閉じ合わされた溝の奥まで侵入してこないことだ。

「やめ……っ、あ、んぁっ……」

何度も何度も繰り返されるやわらかな動きに、次第に腰が反応しはじめる。

すると、舌が当たったときにひどくむず痒《がゆ》い感じのする箇所があることに気づいた。デレックもそれを察したのか、その近辺を重点的にいじってきた。

「蜜があふれてきたな」

臀部《でんぶ》を伝うものに気づかれ、恥ずかしさで死んでしまうのではないかと思った。

「あっ！　ぁ、アぁ、んっっ」

けれど、肩と頭だけを寝台にあずけ、ほとんど体を持ち上げられた状態である。どんなに逃げたくても逃れることはできない。

ぴちゃ、と濡れた音が聞こえた。

「！　っっ……、い、いやぁ……！　お願い、それは……」

あふれた蜜を舐め取って、デレックが亀裂の先端に塗り込めてくる。

いつの間にか、亀裂はぐっしょりと濡れていた。顔を上下しながら舐めすする愛しい人に、マリーベルは必死で懇願した。

「どうか、どうかそこは……お許しください……っ」

声はか細く震え、甘えるような響きをはらんでいる。

「この愛らしい花芽をいじられるのがつらいか？」

彼は舌先をとがらせ、まだ誰にもさわられたことのない小さな突起をツンとつついた。

「はっ……ァ……！」

それまでとは比べものにならないほど、鮮烈な刺激が腰を突き抜ける。

「何……？　ああ、あ、何か、ヘンな……」

「かまわない。そのまま達してしまえ」

「っっ……!?　あ、ァ、いやあっ……！　怖い、そこはいや、いやァ……！」

膨らんだ花芽の周辺をくるりと舌でなぞり、彼は中心に舌先を押し当てた。

敏感な粒が押しつぶされ、マリーベルは大きく目を瞠る。

「ぁ、あ、あああァあ、ぁ、あっ！　ぁ、ああ！」

引きつるような感覚とともに、全身が激しく痙攣《けいれん》した。

「いい声だ。脳髄まで響く」

――今の……何……？　わたしの体、どうなってしまったの？

感じすぎた花芽は、痛いほど敏感になっている。それなのに、デレックはそこにちゅうっと吸い付いた。

「っっ……！　ん、く……っ！」

「一度ではまだほぐれないか」

やっと両脚を寝台におろされ、ほっとしたのもつかの間。

今度は脚の付け根を両手で大きく左右に押し広げられた。

「！　な……っ、やめ……っ」

蜜口が空気に触れ、ひやりとする。ぽっちりと赤く肥大した花芽を指で撫でながら、彼は舌を蜜口に押し当ててくる。

「これだけ濡れていれば、舌くらいは簡単に入りそうだ」

――入るって、どこに……？

当惑するマリーベルをよそに、体の中へ何かが入ってきた。

「っっ……⁉　な、何……っ」

にちゅ、と淫靡な音が響く。

花芽よりもっと下、秘めた隘路に舌がめり込んでくるのがわかった。

ひりつく粘膜を舌が舐《ねぶ》る。その感覚に、全身の毛穴が開く気がした。

「い、いや、それいやぁ……っ」

「舌で慣らしてからのほうがいいのではないのか？」

こんな感覚に、どうやったら慣れるというのだろう。

「達したばかりで感じすぎるなら、素直に言え。このまま、もう一度果てさせてやる」

「ひぅ、う、やだぁ……、も、もう……」

埋め込まれていた舌が抜き取られ、すぐさまもっと硬いものが突き入れられる。

「ずいぶんと締まる。これでは、食いちぎられてしまいそうだ」

「ぁあ！　あ、うっ……！」

舌とはぜんぜん違う。それは、デレックの指だった。

――痛い！　これ、中がヒリヒリして怖いわ。

「少し緩めるために、キスの続きをするか」

唇をすぼめ、デレックは花芽を食む。同時に、彼の指が内部でぐちゅぐちゅと動き始めた。

初めての絶頂を迎えたばかりではあるけれど、本能でわかった。

このままでは、また先ほどと同じようにおかしくなってしまう、と。

「ぁ、あっ……！　もう、もう駄目です。許して……っ」

「何が駄目なものか。こんなに嬉しそうに俺の指を締めつけているぞ」

「違……っっ、ぃ、やああ、あ、ァああ、んっ……！」

花芽を舐められながら、体の中を指でこすられて、マリーベルは二度目の果てへと打ち上げられる。

——来る、また来ちゃう……！

びくん、と腰が大きく跳ね上がり、そのままの体勢で膝が小刻みに震えた。彼の指を締めつける隘路は、これ以上ないほどに狭まっている。

「ゃ……ぁ……、こんな、恥ずかし……」

寝台に仰向《あおむ》けになったマリーベルは、両手で顔を覆って肩を揺らす。

どうしてこんなに感じてしまうのか、自分でもわからない。それとも今までマリーベルが知らなかっただけで、世の女性たちは皆こんなすばらしい快楽を隠していたのか。

「指だけで満足なのか？」

「え……？」

声が肌を舐るように濡れていた。

彼の甘い声音に、マリーベルはおそるおそる両手を下ろす。

「マリー、指だけでは物足りないと言え。そうすれば――」

こちらを見下ろすデレックは、ひたいにうっすらと汗をかいていた。せつなげな眉間、何かを渇望する瞳、そして苦しそうな呼吸。

――ああ、どうしよう。デレックさまにつらい思いをさせてしまったの？　これはわたしのせい？

だとしたら、彼の求めるままに応じるほかない。マリーベルが右手を伸ばすと、デレックがその手をぎゅっとつかんで自身の口元にあてがった。

「ご主人さま……」

「言ってくれないのか？」

「あ、わたし……、わたしは……」

「指だけでは足りないと、俺がほしいと言ってくれ」

マリーベルの心まで射貫くアイスブルーの瞳が、今は氷ではなく青い炎のように見える。ほしいと言えばどうなるのか。彼の体だけではなく寵愛をいただけるというのか。

――いいえ、愛をいただけなくたってかまわないわ。こうしてそばにいられるだけで、わたしは幸せなんですもの。

「指だけでは嫌です。ご主人さまのすべてを、わたしに……与えてください……っ」

「ああ、マリー」

弛緩して寝台に投げ出していた脚を、左右に大きく広げられる。

寝間着の上を脱ぎ捨てたデレックは、腰の紐《ひも》を緩めた。

「……え？　あ、あの、何を……」

大きな手が、彼の美貌にそぐわないものをつかみだした。握る根元は太く、先端は脈に合わせて頭を振る。

――これは何？　こんなおそろしいものが、なぜデレックさまのお体に⁉

「そんなに期待されると、俺としても少々こそばゆい」

目を瞠り、彼のものを凝視していたことを誤解されたらしかったが、マリーベルは何が起こるのか見当もつかないまま、浅い呼吸を繰り返す。

「二度も達したあとだ。入り口が狭まっているかもしれないが、受け入れてくれるだろう？」

怒張の先端が、マリーベルの足の間にぐっと押し付けられた。

「っっ……！　ぁ、やぁ……っ」

反射的に体をよじり、寝台の上でマリーベルがもがく。それをキスであやして、デレックがぐんと腰を突き上げた。

――痛い！　これは何？　どうしてデレックさまは、わたしの体を押し広げようとしているの？　こんなこと、知らない……！

しとどに濡れた蜜口が、男の本能を受け入れる。これ以上ないほどに押し開かれ、マリーベルは呼吸もできずに体をこわばらせた。

「は……っ、ずいぶんと狭い。小柄な体のせいか？」

浅瀬に亀頭を馴染ませて、デレックがマリーベルの頬にくちづける。

あえぐ唇にキスがほしかった。痛みから逃れられないのならば、せめて彼にくちづけてほしくて。

「ご主人、さま……」

「もどかしい、か？」

「いいえ、いいえ……、どうかくちづけを……」

涙目で懇願したマリーベルに、デレックの雄槍《やり》がびくんと先端を震わせる。

「ひぅ……っ！」

「そんな甘えた声でねだられては、体も反応する。煽ったのはおまえのほうだぞ」

何も知らないマリーベルは、貪るようなキスに目を閉じる。

彼に教わったとおり、必死に舌と舌を絡ませた。何度もふたり分の唾液を飲み込んで、その
たびせつなさに胸が灼《や》けていく。だが、今夜はそれだけでは済まなかった。

「んんっ……！」

「まだだ、もっと奥まで……」

細腰を穿《うが》つ楔《くさび》は、誰にも触れられたことのない深部へと切っ先を押し込んでくる。

ひりひりと粘膜が痛み、繰り返される抽挿に次第に体が開いていく。

「あ、やぁ……っ、怖い……っっ」

太い幹を咥えこんで、蜜口がきゅうと収斂した。彼を受け入れる部分から脳天にかけて、痺れるような感覚が突き抜ける。

「ひ、っ……！　抜い……」

「く……っ、これで最後まで……」

せつなげな吐息まじりの声に次いで、漲《みなぎ》る劣情がぐんと体の内側を擦り上げた。

どくん、と心臓が大きく鼓動を打つ。

まさか。

今まで自分は純潔をすでに手放したものと思っていたが、まさか。

——これが、男女の営みだというの……⁉

「あァ……っ、あ、ああっ……！」

信じられないほど深くまで彼の熱を感じて、マリーベルは恐怖に爪を立てる。広い背中は、マリーベルの爪痕を刻まれてもびくともしない。それどころか、互いの腰と腰が密着して、デレックが大きく息を吐いた。

「おまえがほかの男とどんな時間を過ごしていても、これからは俺が塗り替える。何度でもこうして抱いて、俺でなければ感じない体に——」

言いかけたデレックが、驚いたように息を呑んだ。

——デレックさま……？

「嘘、だろう？」

みっしりと広げられた蜜口を見下ろして、彼が目を瞠る。

「こんな、マリー、おまえは……」

上半身を起こして膝立ちになったデレックは、体をつなげたままでマリーベルの秘所を指で左右に広げた。

「や……っ、み、見ないでください……っ」

つながる部分を見られることが、恥ずかしくてたまらない。この行為の意味も知らなかったけれど、異性の前で脚を開くことが淑女にとってどれほどはしたないことかはわかっている。

「初めてだったのか……？」

いつだってマリーベルを冷たく通り抜けていた彼の目が、今はまっすぐにこちらを見つめている。

そこに驚愕と痛みにも似た悲しみを感じて、マリーベルはいたたまれない気持ちになった。

「なぜ言わなかった。誤解していることはわかっていたのだろう？」

「わ、たし……」

「それとも、俺に責任をとらせたかったのか？　人嫌いで女っ気のない侯爵なら、純潔を捧げれば思い通りにできるとでも思ったのか⁉」

　彼は怒っていた。その怒りが、つながる体から伝わってくる。

　――どうして？　ああ、どうしたらいいの？

　ズキズキと痛む下腹部が、彼を受け入れてひくつく蜜口が、それでもまだデレックを求めてしまう。

「……ご、ごめんなさい。ごめんなさい、ご主人さま……」

　心が裂けてしまうのではないかと思った。

　たったひとり、彼だけがマリーベルの指針だったというのに。

　そのデレックを怒らせ、苦しませ、困らせている。

「マリー……？」

「ごめんなさい、わたし、わ、わからなくて……。もうとっくに、わたしの純潔はデレックさまに……って思っていたから……」

　夫婦の寝室では、ふたりが裸になって寝台で抱き合い、愛を確かめ合う。

　マリーベルは、裸になったあとのことを知らなかった。無知を理由に許してもらおうとは思わない。けれど、彼を陥れるつもりなどなかったのだとわかってもらいたかった。

「本気で言っているのか？　だとしたら、おまえはずっと何をされているかもわからず、俺に……」

ゆっくりと、彼の声が落ち着きを取り戻していく。

泣きじゃくるマリーベルの髪を優しく撫でて、デレックはこめかみに唇をあてがった。

「悪いのはおまえではない。俺のほうだ。何も知らない娘に、ひどいことをしてしまった」

「ご……主人さま、違……」

「違わない。俺は、おまえがほかの家でもこうして主に抱かれていたと思っていたんだ。だが、そうではなかった。おまえは俺しか……知らないのだろう?」

涙に濡れた瞳で、マリーベルがうなずく。

するとデレックは、眉尻を下げてかすかに微笑んだ。

痛みと不安に怯えていたマリーベルは、一瞬で彼に見とれてしまう。

――初めてだわ。再会してから、初めて笑ってくれた。

「?　どうした、マリー」

「ご主人さまが、笑ってくださって……」

無自覚だったのか、デレックはマリーの言葉に表情を消す。

「わたし、嬉しいです。またデレックさまの笑顔に会えました」

「……それは、どういう意味だ」

「秘密です。ふふ、嬉しい。嬉しいです。ご主人さまの笑顔をずっと見たかったんです。もうこれだけで、じゅうぶん報われました」

彼は怪訝そうに眉根を寄せていたが、マリーベルの泣き笑いを見つめてもう一度優しく微笑む。

「理由はわからないが、満足してもらえて何よりだ。ところで、俺たちは今後のことについて話し合うべきだと思うのだが、今は――」

彼が、ぐっと腰を押しつけてくる。

「ん、く……っ、ぁ、あ、ご主人さま……!?」

もう行為は終わったものと思っていたため、マリーベルは未だ硬度を保つ剛直におののいた。

「今は、どうしてもおまえがほしい。初めてならば無理はさせない。だから、俺のことも満たしてもらえないか？」

耳朶に唇をかすめて、デレックが問いかけてくる。

心臓の鼓動に合わせて、マリーベルに穿たれた楔もドクンドクンと脈を打っていた。

「ぁ、あの……」

「うん？」

「続きというのは、何を……？」

具体的にどういうことを彼が望んでいるのかわからず、マリーベルは素直に尋ねることにした。

なにしろ、自分はとうに純潔を失ったと思っていたのにそうではなかったのだ。その上、デレックはマリーベルがほかの男性とこのような行為を経験済みだと考えていたのである。

——これ以上、間違わないためにもちゃんと言葉で聞いておかなくてはいけないもの。

「以前から、天真爛漫《てんしんらんまん》なのか経験豊富なのか判断に悩むところがあったが、今のはわかりやすい」

少々面食らった調子で、デレックがマリーベルを凝視した。

「マリー、おまえはいったいどうやって育ったんだ。十九歳なら、男女の閨事について耳にすることもあっただろう。同年代の友人と、そういった話をすることはなかったのか？　学校へは行かなかったのか？」

「っっ……、そ、それはその、事情がありまして」

幼いころから家庭教師についていたため、学校へ行ったことは一度もない。

けれど、世間知らずのマリーベルでもそれが珍しいことだというのはわかっていた。市井の子どもたちは、教会や学校へ通って勉強する。良家の令息は王立学院で切磋琢磨《せっさたくま》し、令嬢は家に家庭教師を呼ぶのである。

「まさか、学校へ行くこともできないほど困窮していたのか？」

「……そ、それで、続きは何をなさるのか教えてください、ご主人さまっ」

強引に話の矛先をそらせようと、マリーベルはデレックの胸にぎゅっと抱きついた。彼は、もっと詮索したい様子だったけれど、ふっと息を吐く。

「仕方がない。純真無垢なおまえに、こんなことを教えるのは悩ましいが」

――でも、言葉で説明せずともなさるおつもりだったのでしょう？

マリーベルは、勘違いではなく『初めての男』となったデレックをじっと見つめる。

「このつながった部分を、打ち付けると言うべきか。それとも突き上げると言うべきか」

デレックの言葉に、彼を迎え入れた隘路がひくっと震えた。

――う、打ち付ける？　突き上げる⁉

どちらにしても、未だヒリヒリと痛みを訴える体には酷はことに思える。

「あー……、マリー、ひとつ尋ねるが」

「はい」

「子どもはどうやってできると思う？」

なんと簡単な質問だろう。マリーベルは、誇らしげに口を開く。

「愛し合う夫婦のもとに、神が授けて……」

――あら？　でもそうではないのだったかしら。だって結婚していない男女でも、メリンダさまのように子どもができてしまうことが……

さらに言えば、メリンダの母も結婚していない男性の子を孕んでいたはずだ。

「そうか。そういうことなら納得だ。残念だがおまえの知識は子ども程度らしい」

「子どもではありません。もう十七歳です！」

「十七？　アゾルからは十九と聞いていたぞ」

「あっ……！」

慌てて口を手で覆い隠す。

即座に、デレックがその手をつかんでよけた。

「それではキスができない」

「……申し訳ありません。ほんとうは十七歳なんです」

謝罪に対して言葉はなく、彼が舌を出してこちらを見る。

その行動の意味がわからず、マリーベルは同じように舌を出してみた。すると、彼は首肯して舌と舌をくっつけるようなキスをする。

——これ、恥ずかしいわ……！

そして、ゆっくりと内部を抉《えぐ》るものが引き抜かれていく。

埋め尽くしていた熱がなくなることに、安堵とわずかばかりの寂しさを覚え、マリーが短く息を吐いた。

次の瞬間。

「ひ、あああ、ァ、っん！」

蜜口ぎりぎりまで引いたものが、激しく内部を押し広げる。蜜であふれた隘路は、デレックの欲望を受け止めて淫靡にうねった。

──なぜ⁉　抜いてくれたのではなかったの？

だが、疑問に思った自分のほうがおかしかったのだ。彼は前もってきちんと言っていた。打ち付ける、突き上げる。その意味を、身を持って知る。

「ぁ、ぁ……、嘘……っ」

「まだ慣れないだろうか、少しだけこらえてくれ。中には出さない」

「え……？」

「そうか。わからないのだったな。子を授けるのは神ではない。こうして男女が互いの感じやすい部分をこすりあわせて……」

ずぷ、ずちゅ、と体の中から音が響いた。

彼の動きは決して速くないのに、抽挿による衝撃は脳まで届いている気がした。

「俺のものから、子種が出る。それをおまえの肚《はら》が受け入れると、子ができる」

──つまり、これこそが子作りの行為だということ……？

デレックの言葉に、マリーベルはそれまでより強く彼の胸を押し返した。

「だ、だったらやめてください……っ！　わたし、こんな……」

「わかっている。中には出さないと言っただろう。だが、これほどきつく締めつけられて、挿《い》れただけでやめられるか……っ」

最奥に打ち込まれる楔は、マリーベルの子宮口に先端をめり込ませている。

奥に当たると鈍い痛みを感じたが、あとからあとからあふれてくる蜜をかき出すような動きで、デレックが腰の動きを速めていく。

「まだ中だけでは苦しそうだな。このかわいい乳首も……」

彼は、左右の胸の先端を指できゅっとつまみ上げた。

「いっ……、あ、ああっ、いや、そこ、一緒にしな……で……っ」

マリーベルの蜜路が、男のものを咥えこんでせつなく引き絞られる。

「ふ、ここを一緒にいじると、中がいっそうせまくなる。マリー、乳首もこんなに感じやすくなって、俺などに純潔を捧げてしまったのだぞ？　わかっているのか？」

もちろん、今ではきちんとわかっている。

一生に一度、愛する人に捧げる純潔。それをマリーベルは、間違うことなく恋する男性に捧げたのだ。

「お願……っ、胸、いじらないでくださ……あ、ああっ」

「かわいそうに。小さな入口が、こんなに広げられている。おまえの体が俺に馴染むよう、たっぷりと教え込まなくてはな」

いつしか加速した動きを、互いの腰がぶつかる音が追いかける。あるいは、音を立てているのはマリーベルの体の奥の突き当たりを打ち付けるデレックの亀頭なのかもしれない。

「やぁ……っ……！　も、お、願い……、お願い、します、デレックさま……っ」

花芽をいじられていたときのような達する感じはなかった。

快楽の種類自体が違っている。

「ああ、頼まれずともそろそろ限界だ。これほど締められては長く保たない。っく、マリー、マリー……！」

彼の動きがひときわ激しくなる。そして、先端が破裂しそうなほどに膨張した次の瞬間、マリーベルの中から雄槍が引き抜かれた。

「はぁ……ぁ、あ、ぁ……」

力の入らない四肢をシーツに投げ出し、マリーベルは吐息まじりの安堵の声を漏らす。

デレックは、抜き出したものを右手で握り、その手を前後に動かしていた。先端がぶるっと震えると、そこから白濁が放たれる。

「んっ⁉ あ、これ……は……？」

マリーベルの太腿に、とろりと熱い液体がかかっていた。

戸惑いながら見上げると、膝立ちになったデレックが黒髪を手でかき上げる姿が目に入る。ひたいにはうっすらと汗が浮かび、呼吸のたびに胸筋がわずかに揺れる彼は、これまで見たどんな姿よりも悩ましく、美しかった。

――わたし、ほんとうにデレックさまに純潔を捧げてしまったのだわ。もう、戻れない。昨日までの、何も知らない令嬢のマリーベルには、もう二度と戻れない……

「……マリー、泣くな」

嗚咽《おえつ》に震えるマリーベルを、デレックが優しく抱きしめてくる。

「もう、泣かないでくれ。いい子だから、このままゆっくりおやすみ――」

子どもをあやすように、彼はマリーベルの背中をトントンと優しくたたく。

その気遣いが申し訳なくて、好きな人に抱かれているのに彼にとってこれは愛情ではないのが悲しくて、そして何よりもこんなに好きになった相手と添い遂げられないことをあらためて痛感して、マリーベルは声を殺して泣き続けた。

† † †

さめざめと泣いていたはずの彼女は、気づけば健やかな寝息を立てていた。覗き込んだ寝顔は、あまりに幼い。

――十七歳というのも納得がいく。

デレックは、腕の中で眠るマリーを見つめて子を守る親鳥になったような気持ちがした。そのくらい、彼女はいたいけで愛らしい。

なぜ年齢を偽っていたのか、理由はわからない。十七歳でも侍女として立派に働いている女性はたくさんいる。

問題は、十七歳の侍女に手を出したことだ。

しかも相手は、その行為について知識さえ持っていなかった。何をされたのかもわからない少女に夜の相手をさせるだなんて、あまりに非道である。

——そもそも俺は、彼女に報奨をつけるとまで言ったのか。

嫌悪してきた父と同じことをしようとしている自分に気づき、デレックはいっそう肩を落とした。

街の女に子を産ませた父は、それでも相手が状況を理解した上での関係だったろう。ならば自分はどうだ。マリーはその行為が子をなすことだとさえわかっていなかった。子どもは、神さまが授けてくれると純真に信じていた。

自分の身勝手さに落胆し、一時は彼女が処女であることも想定していたのに欲望に負けたことを後悔し、さらにそれでもなおマリーを抱きしめていると愛しさがわきあがってくるだなんて。

——愛しさだと？

デレックは自分の思考に戸惑い、腕の中のマリーを凝視する。

しかし、すぐにその愛しさの正体に名前をつけた。これは男女の情愛の意味ではなく、先刻感じた親鳥の慈愛だと。

少女は、いずれ大人になる。

短い期間に羽化し、美しい女性へと変化する。

そのとき、マリーはまだ自分のもとで働いているのだろうか。そんな未来に思いを馳《は》せ、デレックはマリーとともに夢の海へ沈んでいく。

眠れない夜の終わりには、いつも彼女がそばにいる――

† † †

彼女をマーケットに誘ったのは、罪悪感からだけではない。

起きしなに、マリーのお腹がぐう、と小さな音を立てた。

「空腹なのか？」

「んん……お父さま、わたし、マーケットに行ってみたいの……」

寝ぼけたマリーは、そう言って嬉しそうに微笑む。父と勘違いされるほどの年齢だとは思いたくないが、彼女との年の差は十二歳。少なくとも兄弟よりは父に近い年齢の可能性があった。

「マーケット？　行ったことがないのか？」

デレックも自ら市井の商業地へ出向くことは少ないが、王都のマーケットは品揃《しなぞろ》えがいいと聞いたことがある。

「え……？　あ、あの、ご主人さま、おはようございます……」

語尾がどんどん小さくなり、それに反比例してマリーの頬が赤く染まった。

上掛けを鼻まで引っ張り上げ、彼女が長い睫毛を瞬《しばた》かせる。昨晩のことを覚えているのか心配になったが、この表情から察するに忘れているわけでもないらしい。

「わたし、寝ぼけていておかしなことを口走っていたら申し訳ありません」

「おかしなことは別に……」

言いかけて、デレックは考えを変える。

「実は今日、マーケットへ出かけようと思っていたんだが、よかったら同行してくれないだろうか」

「！　い、いいのですか？」

――やはり、行きたかったんだな。

彼女の大きな目が、好奇心にきらきら輝いている。

「王都のマーケットには、珍しい品も並んでいると聞く。領地へ戻る前に、一度くらいは覗いておこうかと思う。同行を任せたぞ」

「はいっ。喜んでご一緒させていただきます！」

ぱっと起き上がったマリーは、上掛けもはねのけて白い肌をあらわにする。

「っっ！　お、お見苦しいものを……」

「見苦しくはない。それどころか」

それどころか、いつまでだって見ていたい――

そう言いかけて、デレックは顔を背けた。

「あの、それではわたしは朝の仕事をしてまいります」

「あ、ああ、そうだな。のちほどアゾルに話をしておく」

手早くドレスを身につけるマリーが、満面の笑みでデレックを見上げてくる。

「ありがとうございます、ご主人さま！」

親鳥の気持ちを維持するのは、なかなかに難しい。


マーケットに到着したのは、昼前だった。

どうすれば彼女に償えるのか。

考えたところで、答えなどあるはずもない。

一生に一度、愛する男に捧げるべきものを奪ったのだ。今さら許してもらおうなどと虫のいいことを言うつもりもなかった。かといって、金銭で解決するわけにもいかない。そんなことをすれば、彼女を街の女と同じ扱いをしたことになる。

十七歳ともなれば、ある程度分別もある年齢だ。マリーは少々世間知らずではあるものの、考えなしではない。

昨晩のことで、デレックに償ってもらいたいとも責任をとってもらいたいとも思っていないのはわかっている。

――ならば、なぜ彼女の機嫌を取るようなことをしている。

デレックは、マーケットを歩きながら愚かしい自分にため息をつく。

結局、彼女がどう思うかではなく、自分がマリーに対して何かしたいのだ。彼女が喜ぶ顔を見たい。彼女が楽しそうにしている姿を見たい。彼女が――

「ご主人さま、どうかなさいましたか?」

「いや、なんでもない。心配しなくていい」

こんなときでも、マリーは健気にデレックの心配をしている。初めて男を迎え入れた彼女のほうが、体がつらいはずだ。

「マリー」

「はい」

「その、体はどうだ」

――何をこんなに緊張しているんだ、俺は。

昨日、彼女を抱く前まではこんなことはなかった。あくまでも屋敷の主人として対峙《たいじ》することができた。

しかし、マリーはデレックのそんな気持ちにはとんと気づかず、小首を傾げて考えている。

「体ですか? わたしは元気です」

ふわりと微笑んだ彼女は、痛みを忘れているように見えた。

マーケットに来てから、マリーはデレックのうしろを追いかけながら、あちこちの店に目を奪われている。歩くのがつらいということはなさそうだ。それどころか、好奇心旺盛な愛らしい表情の彼女に、周囲の男たちが好色なまなざしを向けるのが気にかかる。

――マリーはこれほど純真で、今までどうして無事でいられたのか。彼女の父が病に倒れるまでは、しっかりと守っていたのかもしれないな。

屈強な大男の父と小柄なマリーを想像して、思わず笑ってしまいそうになった。

デレックは気を引き締めて、眉根に力を入れる。

「痛かったり、出血が……続いたりはしないのか？」

「？　わたし、どこも怪我は……あっ！」

その問いかけに、デレックの意図を読み取ったのか、マリーが急に頬を赤く染めた。

色白の彼女は、赤面するとすぐにわかる。愛らしい頬に紅が刷毛《はけ》かすめたように、その肌がみるみるうちに染まっていく。

――ここが寝室なら、今すぐ抱きしめてしまいそうだ。

幸いにも、場所は明るい空の下。王都のにぎやかなマーケットだ。

人目をはばからず肩を寄せる恋人たちや、並んで買い物を楽しむ夫婦とは違う。デレックとマリーには、なんの約束もなく、愛を誓う予定もない。

そうわかっていてもなお、彼女を抱きしめたいと思う。

――俺は、この少女に惹かれているのか？

ふと、彼女の視線が一点に留まっているのに気づいた。

マリーが見つめているのは、小さな釣鐘型のブローチだった。ベルの上には花のモチーフがあしらわれている。

「店主、そのブローチを」

「かしこまりました」

デレックは、すぐに店の者に声をかけた。

「ご、ご主人さま⁉」

侍女は、驚いた様子で大きな目をさらに丸くする。昨晩、彼女がほんとうは十七歳だと聞いていたが、明るい日差しの中で見るとそれよりもっと幼く見える。

――こんなにもいとけない少女に、あんなことをしてしまった。それだけではない。俺は今も、マリーを抱きたいと思っている。

体を重ねたことが理由なのかと、戸惑う気持ちもあった。

だが、もう自分に嘘はつけない。

デレックは、侍女のマリー・ベルズに心惹かれているのだ。

あるいは、最初から彼女に特別な感情を抱いていたのではないかとさえ思えてくる。そうでなければ、キスなんてするはずもなかった。人嫌いと呼ばれる彼が、初対面にも近い侍女の唇を奪うなどおかしな行動だった。

触れたい、と。

その金色の髪に、やわらかな頬に、赤い唇に触れてみたいと思ったのは覚えている。そんな自分に苛立ち、主を欲情させるマリーを淫乱な侍女だと決めつけた。

——俺は、最初から彼女を一方的に決めつけてばかりだったというのに。

「すぐにつけていく。かまわないか?」

「はい。もちろんです」

店主から受け取ったブローチを、マリーのドレスの襟元につける。

「いけません。こんな高価な……」

「俺が贈りたいと思った。だが、勘違いしないでくれ。昨晩の対価でもなければ詫《わ》びでもない」

デレックは、自分の口から歪みのない本心があふれてくるのを感じていた。こんなふうに本音を話すのはいつぶりだろう。父の死後、重なった嘘を知ってからというもの、誰かに心を開くことはなかった。ずっと自分の内側に閉じこもって生きてきたのだ。

「これは、俺たちの記念に」

「記念……ですか?」

今にも音が鳴りそうな、愛らしいブローチ。

けれどブローチよりもずっと愛しい少女が、じっとこちらを見上げてくる。

「マリーが俺のものになった記念だ。だから、勝手にはずさないでくれ」

「っっ……！」

真っ赤な頬にくちづけたい気持ちをこらえて、デレックは彼女の頭を撫でた。


それから小一時間ほどマーケットを散策し、デレックは帰路についた。

馬車が揺れるたび、マリーが体をこわばらせる。

行きの道中でも思ったが、彼女は馬車に慣れていないようだった。

「マリー、こちらにおいで」

ぽん、と自分の隣の席を叩《たた》くと、彼女は信じられないと言いたげに首を左右に振って固辞する。

たしかに驚かれるのも無理はない。

ほかの侍女相手に、デレックはそんなことを言わないだろう自分を知っている。同時に彼女が自分にとって特別な相手だと思う気持ちを強く感じていた。

「いいから来なさい。俺の命令が聞けないのか？」

高圧的になりすぎないよう、冗談めかしたつもりだった。

けれど、マリーはハッとした顔をして立ち上がり、慌ててデレックの隣に座り直す。

――俺はもしかして、この娘に怖がられているのではないか？

これまでの言動から、そうだとしてもおかしくはない。だが、ならばなぜマリーは毎夜のキスを受け入れていたのだろう。それどころか、彼女は昨晩より以前にデレックに純潔を捧げたつもりでいたのに。

「……マリーは、馬車が苦手なのか？」

畏縮させないよう、つとめて優しく話しかける。

すると彼女は、恥ずかしそうに目を伏せた。

「そういうわけではないのですが、あまり慣れない乗り物なので緊張してしまって……」

やはり、慣れていないのか。

馬車は庶民の乗り物ではない。マリーはもしかしたら、慣れていないというよりも馬車に乗るのが初めてなのかもしれない。

デレックは彼女の腰に腕をまわし、細い体をそっと引き寄せた。

「怖がらなくていい。俺がいる」

「申し訳ありません。どうぞ、気にしないでください。わたし、だいじょうぶですから！」

逃げようとする彼女を、どうしたらつなぎとめておけるのか。体を重ねたあとになって、今さら心がほしくてたまらないと気がついてしまう。

だが、どうすれば彼女の心が手に入るのだろう。

——俺は、妹を娶《めと》ったアンソニーと同じことをするつもりなのか？

子爵家の次男は、侍女だったメリンダと恋に落ち、彼女を孕ませて結婚した。

いっそ、それもいいのではないかと思えてくる自分を、デレックはかろうじて押しとどめる。

「だったら、慣れるまで俺のそばにいればいい」

「……は、はい」

ゴトゴトと馬車は揺れる。

刻一刻と別邸が近づいてくるのを感じながら、デレックはマリーをじっと見つめていた。

彼女は主の視線にも気づかず、胸元のブローチを何度も指先で確認している。送り主よりもブローチのほうに興味があるのかと思うと、なんとも歯がゆい気持ちがした。

月光を編んだような美しい髪、形良い小さな耳がのぞいている。その耳殻に歯を立てたこともあった。

デレックは、吸い寄せられるように彼女の耳に顔を近づける。

そして、耳の先に軽く唇をあてがった。

「っっ……!?　ご、ご主人さま、何を……！」

座席の上で跳び上がりそうになった彼女が、あまりにかわいくて。

「ははっ……はは、はっ、ははは」

デレックは六年ぶりに笑い声をあげた。

作り笑いでもなければ空笑いでもなく、ただ楽しくてたまらない気持ちで笑った。

「……ご主人さま……？？？」

困惑するマリーを抱きしめてしまわないよう、できればこれ以上彼女を怖がらせないよう、デレックは理性を総動員して笑い続ける――

† † †

階段の手すりを磨きながら、マリーベルはほう、と息を吐く。

思い出す彼の笑顔がまぶしくて、心臓の高鳴りをこらえられない。しかも、見下ろせば胸元にはデレックの買ってくれたブローチが輝いているのだ。

――わたしったら、なんて幸せ者なのかしら。

掃除にも力が入る。手すりを念入りに磨いていると、「マリー」と呼ぶ声が聞こえてきた。

「はいっ」

顔をあげた先、階上の踊り場でデレックが手すりにもたれてこちらを見つめている。その姿に、マリーベルは我が目を疑った。

彼は穏やかに微笑み、七年前に会ったときと同じまなざしを向けてくるのだ。あるいは、これは錯覚か幻覚か。そんなことを考えていると——

「……なぜ、そんなに奇異なものを見る目をする」

彼はふいに真顔になった。

——ああっ、せっかくの笑顔が！

今さら気づいても時既に遅し。ここが実家ならば、父に頼んで人気の画家を呼び寄せる。デレックの笑顔を描いてもらうのだ。

「いえ、そのようなことは……」

失った笑顔にがっくり肩を落とすと、彼は階段を下りてくる。

「手すりが美しく磨かれている。おまえが掃除したのか？」

「はい。まだ掃除が終わっておりませんので、階下はこれからいたします」

「明日でいい」

マリーベルのすぐそばまでやってきたデレックが、大きな手で掃除用の布を取り上げた。

「ですが、本日はまだ——」

「今日の仕事は終わりだ。主の命令が聞けないのか？」

無論、彼に逆らう理由などない。マリーベルは、慌てて首を左右に振った。長い三つ編みが揺れる。

「では、用具の片付けを済ませ、俺の書斎へ来るように」

「はい。かしこまりました」

頭を下げている間に、デレックは書斎のある二階へ戻っていった。

――でも、なぜ書斎に？

ひとりになったマリーベルは首を傾げつつ、急いで掃除用具を片付けることにした。

書斎の扉の前に立ち、小さく深呼吸をする。

ノックは二回。室内からデレックの声が聞こえて、マリーベルは扉を開けた。

「お待たせいたしました、ご主人さま」

「さほど待ってもいない。こちらに来なさい」

「はい」

執務机に向かう彼のもとへ歩いていくと、デレックがその様子をじっと見つめている。

――何か、おかしなことをしてしまったかしら？

そんなふうに凝視されることがあまりないため、マリーベルは急に心配になった。

「マリー、礼儀作法はどこで習った？」

「幼いころは母に教わりました」

「その後は？」

「……母は、わたしが十歳のときに亡くなりました」

思い出すのは、優しい母の声。髪を撫でてくれる白い手。

「そうか。では、おまえの母親は良家の出だったのかもしれんな」

「え……っ？」

母は子爵家の遠縁にあたる。なぜそれを見抜いたのか。思わずマリーベルは息を呑んだ。

――わたしの素性が知られてしまったの？　だけど、それならもっと直接おっしゃるはずだわ。

「そ、そうかもしれません」

「おまえはただの侍女にしては、所作が美しい。どこで学んだものか気になった。それだけだ」

彼は机に肩肘をつき、手の甲に顎を載せる。男性にしては繊細な輪郭に、大きな手がいっそう美しく見えた。

「こちらに手をついて」

「あの……ここ、ですか？」

示されたのは、彼の執務机だ。デレックは椅子を引いて、机と椅子の間に隙間を作る。

「そうだ。俺に背を向けて机に手をつくんだ」

何を求められているのかわからないまま、マリーベルは言われたとおり、机に両手を置いた。

「ひゃっ⁉」

それと同時に、ドレスの裾がめくりあげられる。いくら肌を合わせた関係であろうと、まだ日も落ちていないのにこんなことをされるとは思わなかった。

「ご、ご主人さま、何を……っ」

「夜まで待てそうにない」

切実な声に、マリーベルは息を吞む。

彼が自分を求めてくれている。その理由が愛ではなく、ただの欲望だとしても心が躍るだなんて淑女としては失格だ。

――それでも、デレックさまが求めてくださるのなら……！

「今日は一日、歩き方がぎこちなかった。まだ痛いのではないか？」

マリーベルの上半身を机に押しつけ、腰を高く上げさせると、デレックが下着をするすると膝まで下ろす。

あられもない格好で秘所を見られているとあっては、マリーベルも平常心ではいられない。

「だ、だいじょうぶですっ。痛みはさほどありませんので！」

「ならば、なぜ歩き方に影響が出る？　痛いのなら、素直に言え。必要があれば薬を準備してもいい」

――そんなところに薬を⁉　いえ、そうではなく、歩き方がヘンなのは……

「痛くないですから、どうかこの格好はお許しください……っ」

「隠しても無駄だ」

柔肉を左右に割り広げようとする指に、マリーベルは必死で抗った。両脚をばたつかせ、彼を蹴らないよう留意しながら逃れようとする。しかし、それを見越していたのか。デレックは、逃げを打つ腰をぐいと片手で引き寄せた。

「っっ……！　お、大きかったんです！」

「ふむ？」

恥じらって言葉足らずだったため、マリーベルの言いたいことは伝わらない。

「ですので、その……ご主人さまのが、たいそう大きくて、今でもまだ体の中に何かが入っているような……うぅ、そ、そういう理由で……」

机にへばりつき、どんどん声が小さくなるマリーベルを、彼はどんな目で見ているのだろうか。

「今も、か？」

かすれた声でデレックが問いかけてくる。

――ああ、もうこんな格好ではしたないことを口走って、わたしはお嫁にいけないわ。できることなら、父の決めた縁談から逃げ出したい身としては、破談のためと言われれば喜んでデレックの前に体を――

今にも顔から火を噴きそうなほどに頬を赤らめて、マリーベルは小さく震えながら頷く。おかしなことを想像した結果なのだが、それを見てデレックは彼女が怯えていると思ったらしい。

「そんなに怯えずとも、まだ入っているところにさらに押し入るようなつもりはない」

「ちっ、違います、わたしそんなっ……」

「傷がついているわけではなくてよかった」

顔を上げたマリーベルに、彼が優しく微笑みかけてくる。

——ああ、同じだわ。初めて会った日と同じ、わたしが好きになった笑顔。

じんと胸が熱くなり、涙目になったところを彼に見られてしまう。

「泣くほど恥ずかしかったのか？　すまない」

急いで下着を穿《は》かせ、スカートを元通りにする彼を見ていると、それだけで言葉にならない幸せを感じる。

「見えなくとも傷を負っている場合もある。しばらく、夜はゆっくり休め」

「ですが、デレックさまはそれで眠れるのでしょうか？」

反射的に、彼の不眠を心配した。自分の体より、彼の体調が気にかかる。

「俺は寝室におまえが来て、キスだけで終わらせる自信がない。わかるな？」

真剣な表情でそう言われては、マリーベルも返答に詰まってしまう。

「だから、しばらくの間だ。おまえが不要になったと言っているつもりはない」

「は、はい……」

好きな人がいること。

その人が、平穏無事であること。

それがどれほどすばらしいことか、マリーベルは噛みしめていた。

彼のそばにいられる時間は、残り十日ほど――

† † †

「マリー、マリー、聞いてちょうだい」

その日、メリンダは朝から笑顔でマリーベルを迎えてくれた。

ここ数日はふさぎ込むことの増えていた彼女が、久々に笑顔を見せたことでマリーベルはほっとする。

「メリンダさま、どうされたんですか?」

「うふふ、実はね、デレックさまがインディガー子爵に話し合いを申し入れてくださったの。ショーンを取り戻すために、尽力してくださるって!」

世にもめでたい話だが、そこで出てきた子爵の名前に言葉を失った。話の流れから察するに、インディガー子爵こそがメリンダの愛した夫の父であり、メリンダの息子の祖父で間違いないだろう。

しかし、ここへ来るより以前にマリーベルはその名を耳にしていたのである。それは——

「ああ、夢みたいだわ、マリー」

メリンダは小柄なマリーベルを抱きしめて、ぎゅうっと胸を押しつけてきた。

「ほ、ほんとうに、とても喜ばしいことで……」

初めて外通路で見かけたときより、メリンダはいっそう痩せて華奢になった。それでも胸元は女性らしい豊満さをたたえていて、少々羨ましくなる。

「あっ、そうだわ。その件で、あなたにお願いすることがあるんですって」

ぱっと体を離したメリンダが、マリーベルの目を覗き込んできた。

「お願い、ですか？」

「ええ。デレックさまが、頼みたいことがあるからあとで書斎に来てほしいと言っていたわ」

「かしこまりました。それでは、なるべく早く掃除を終えて、ご主人さまのところへまいります」

マリーベルにすれば、今日も朝から好きな人に会えることにほかならない。思わず掃除の速度も上がる。

だが、メリンダにとってもそれは喜ばしいことなのだ。愛息ショーンと離れ離れで過ごす日々に、彼女が悲しみを募らせているのは間違いない。

——頼みたいことって何かしら。わたしにできることならいいけれど……

初めてデレックに抱かれた夜から、またふたりの夜の逢瀬《おうせ》は遠のいていた。彼がマリーベルの体を慮《おもんぱか》ってくれている。

けれど、慣らされた体は少しばかり寂しさを覚えているのも事実だった。

「それでは、掃除も終わりましたのでご主人さまの書斎へ行ってまいります」

「よろしくね、マリー。わたしのためにも、どうか力を貸してちょうだい」

「はい。尽力いたします」

メリンダの部屋を出て、掃除用具を片付けてから二階の書斎へ向かう。

その道すがら、マリーベルは先ほど耳にした子爵の名を思い出した。

――インディガー子爵夫人は、お父さまのところにいらしていたお客さまだわ。おそらく、わたしに縁談を持っていらした方で間違いないはず。

妙な縁もあるものだ。そのインディガー子爵夫人は、メリンダにとっては姑《しゅうとめ》にあたる女性なのだから。

幼いころ、白いウェディングドレスに憧れたことがあった。結婚の意味も知らぬまま、純白のドレスがほしいと駄々《だだ》をこねたこともある。

父の庇護《ひご》のもと世界を知らずに育ったマリーベルは屋敷の中でいくつもの自由を持っていた。好きな布を選び、シーズンごとに新しいドレスを仕立ててもらう。読みたいと言った書物はどこからともなく取り寄せられ、月に一度は屋敷内の音楽サロンで室内楽の演奏が行われる。

どんな画家の絵も、どんな珍しい宝石も、マリーベルが望めば父は与えただろう。

けれどそれは、あくまでマリーベルがフォルトナーの屋敷にいる間だけ与えられた権利だった。

彼女には、父の決めた相手と結婚する義務がある。

それはこの国ではさして珍しいことではない。特に上流階級になるほど、結婚は家と家との結びつきで、本人たちの意思は影響しないものなのだ。

父がマリーベルを温室の中の花のように育てたのは、理由がある。彼女に悪い虫がつかないよう、外の世界の自由に憧れないよう、父なりの優しさだったのだと今ならわかる。

——好きな人ができても、その人と添い遂げられないのだもの。だったら、誰にも会わず、恋を知らないままで結婚させようと思う気持ちもお父さまの愛情ね。

しかし、父の考えには穴があった。

マリーベルはわずか十歳で、彼に出会ってしまったのだ。

最愛の人、デレック・エドモンド。

純潔を捧げ、大きな手で頭を撫でられ、何度くちづけを交わしても、マリーベルはずっと彼のそばに居続けることはできない。こんな想いをしなくていいように、父は父なりにマリーベルを守ってきてくれたのだ。

——お父さま、ごめんなさい。だけど、縁談を拒んだりはしないわ。この生活が終わったら、夢を見るのはやめて大人になります。

書斎の前に立ち、マリーベルはエプロンの裾をぎゅっと握りしめた。

いつもどおりにノックをすると、彼の返事を待って扉を開ける。

「おはよう、マリー」

窓から射《さ》し込む日差しを受け、デレックは神々しいまでの美しさを放っていた。

「おはようございます、ご主人さま。メリンダさまから、ご用向きがあるとうかがいました」

入り口扉を閉めると、部屋の中にはふたりきり。まるで世界から断絶され、たったふたり取り残されたような錯覚に陥るが、それは妄想でしかない。

「ああ。メリンダの息子のショーンを取り戻すため、最初の一手を打つことにした。先方の子爵家で催し物がある。招待状が届いていたものでな」

封を切った封筒をちらりと見せると、デレックは話を続ける。

「しかし、ひとりで参加しては面倒ごとが多い。メリンダを伴うわけにもいかないからな。マリー、おまえを着飾らせて連れて行こうと思うのだがどうだろうか」

「わ、わたしですか……⁉」

子爵家の催しといえば、おそらくは社交界の人々が集まるのだろう。身分を偽っているとはいえ、社交界デビューしていなかったのが功を奏した。そして、屋敷からほとんど出ずに育ったおかげで、マリーベルは貴族に顔を知られていない。

「何、少しばかり演奏を聴いていればいいだけの話だ。無理なことをさせるわけではない」

「ですが、わたしの……素性が知られたらまずいのではないでしょうか？」

侍女と知られればデレックが笑い者になるのは明らかだし、フォルトナー家の娘と知られればもっと違った問題が起こりかねない。まして、マリーベルは縁談が進んでいる最中なのだ。

――お父さまのところにいらしたインディガー子爵夫人とは、お顔を合わせたことがないけれど……

「そんなことか。俺はまた、コルセットを締めつけるのがつらいとか、馬車の移動が怖いとか、そういう問題かと思っていた」

「えっ、あの、それもなくはないのですが……」

ふと視線を足元に落とすと、安心させようというのかデレックが両腕でマリーベルを抱きしめてくれる。

彼の腕の中にいられるなら、なんだってすると言ってしまいそうになる。それが一瞬の夢でもかまわない、と。

「馬車の中では、こうして抱きしめていよう。それなら恐ろしくはないだろう？」

「は、はい。ありがとうございます……」

「それからコルセットについては――」

エプロンの紐が唐突にほどかれる。声をあげる暇もなく、マリーベルはエドモンド家から支給された制服を脱がされていった。

「ご主人さま、こんな……まだ、外が明るいです」

「そうだ。あまり窓に近づくと外から見えてしまう。おとなしくしていなさい」

肩口に頼りなくかかる下着の肩紐を、デレックがそっと指でたどる。軽く引っ張られるだけで、乳房がこすれておかしな気分になりそうだった。

「俺は男だからわからないが、こうして腰を締めるのだろう?」

ぐい、と彼が両脇からマリーベルの腰をつかむ。大きな手は、簡単に腰回りを一周しそうだ。

「あの、もっと上、を……」

「ふむ。このあたりか」

親指の先が、乳房をかすめる。膨らみの裾をぎゅっと締めつけて、デレックが左肩に顔を寄せてきた。

「あ、あっ……!」

肩紐を軽く噛むと、彼は下着を胸元まで引き下げる。そこで留まるのは、デレックが胸の下をつかんでいるからだ。

「この敏感な乳首を締めつけるわけではない。心配しなくていい、マリー」

「っっ……ん、ぁッ……! や……」

肩から鎖骨へ、そして胸の膨らみへと彼の唇が這う。やわらかな感触に、一瞬で肌が粟立つのを感じた。

「体をあまりよじるのは淑女らしくないな。多少いじられても堂々としていなくては」

そう言って、デレックが胸の先を舌であやす。ちろちろと側面をなぞっては、先端に尖らせた舌を押しつけてくるのだから、感じずにはいられない。

「ハ……、コルセットを締めたら、この愛らしい胸がいっそう強調される。そうなったら、ますます感じやすくなってしまうのではないか？」

「わ……わかりませ……ああっ、ん！」

ビクビクと体を震わせて、マリーベルは彼の腕を必死につかむ。何かにすがりついていなければ、膝からくずおれてしまいそうだ。

「胸だけでこんなに感じるだなんて、抱かれる前より敏感になっているようだな」

胸元から聞こえる声に、すうっと血の気が引く。はしたなく喘ぐ姿に、彼が冷めてしまったのではないだろうか。

「ごめんなさ……、あ、あっ……感じないように……しますから……ッ」

「誰もそんなことは言っていない」

いきなり片足を持ち上げられて、バランスが取れなくなる。コルセット代わりだったはずの手は、すでに腰から離れていた。

「敏感なのはいいことだ。まして、相手が俺だけだというのならな」

——それは、どういう意味……？

ちゅく、と濡れた蜜口に彼の指が埋まる。ほんの少し挿れられただけで、腰が痙攣したように震えた。

「俺しか知らない体を、かわいいと思わないわけがない」

「わ……たし、が……」

初めてだったから、同情してくれているのだ——

マリーベルはそう感じて、心の底がぞくりと冷たくなる。

最初から、愛情ではないと知っていた。

デレックの安眠のためにキスをし、その先へと進んでしまっただけ。彼にとっては、寝酒と大差ない行為だったのだ。

——そうだわ。デレックさまは、わたしのことを男女のことに慣れた侍女だと思っていたんですもの。

それが、彼以外知らないとわかったとたん、態度が変わった。優しくしてくれて、笑いかけてくれて、こうして体に触れてくれる。眠りたいときではなくても呼んでくれるのは嬉しかったが、もしかしたら彼は責任を感じているのではないだろうか。

——わたしが、初めてだったから？

重荷になりたくはない。

けれど、デレックと一緒にいたい。

それが叶わぬ願いだということを、つい忘れてしまいそうになる。

「……マリー？」

「わ、わたし……」

泣きそうになっているのを見られないよう、マリーベルはふいと顔を背けた。

「わたしは、ご主人さまの安眠のお手伝いをしているのであって、それ以外の時間にこういうことは、その……」

その先は言葉にできなかったけれど、デレックには伝わったらしい。

彼は一瞬動きを止めて、長く息を吐いた。埋められたままの指が、彼の存在をいっそう強く感じさせる。

「それもそうだ。では、こういうことは夜のみ請け負ってくれるということだな。仕事として」

「……っ、はい」

体の中から、指が抜き取られていく。

その動きをもどかしさと寂しさと、わずかな安堵で見送っていると、浅瀬まで後退した指はずぷん、と音を立てて根元までねじ込まれる。

「ひ……ぁ、ァ、あっ……！」

返す刀で引き抜かれ、さらに激しく突き上げられ、気づけば彼の指が何度も何度もマリーベルの中を往復していた。

——どうして、こんな……

「やぁ……っ、お願……っ、ん、んぅ……っ」

強引に重ねられた唇が、嬌声《きょうせい》を閉じ込める。

腰の奥が熱くなり、彼の指をきゅう、と締めつけはじめたとき、唐突に抜き取られた。

「っっ……、ぁ、あっ……」

食いしめるものを失った蜜口が、みだりがましく開閉する。けれど、蜜があふれるばかりで粘膜はもどかしさを増した。

「いやなのだろう？　ならば仕方がない。そろそろ夕刻だ。仕事を終えて眠る前に、俺の寝室へ来るように」

ガクガクと震える膝に力を込めて、マリーベルはぐっと奥歯を噛みしめる。

「早く夜になればいい。夜の間は、俺だけの侍女だ、マリー」

耳元で聞こえるかすれた声に、心臓が痛い。

体は続きを欲して、今なお甘い収斂を繰り返していた。だが、もっとしてほしいだなんて言えるはずがない。

「……かしこまりました、ご主人さま」

涙目で衣服を整え、マリーベルは書斎をあとにする。彼の指がこすり立てた部分が、どくんどくんと脈を打っていた。

その夜、寝間着に着替えてデレックの寝室の前に立つマリーベルの頬は発熱したように上気し、エメラルドグリーンの瞳は涙で潤んでいた。

時間が経っても、まだ体の奥に熾火《おきび》がくすぶっている。

――わたし、どうしてしまったの？　早くデレックさまにあの続きをしてほしいだなんて、こんなのおかしいわ。いけないことだと知っているのに……

室内に招き入れられると、燭台の明かりがゆらりと揺れる。今夜のデレックは、何も言わずにマリーベルを寝台に押し倒した。

「ご主人さま……っ、ん、ぅ……っ」

貪られる唇と、どちらのものかわからない浅い呼吸。吐き出した息をデレックが吸い、彼の吐息をマリーベルが呑み込む。

絡み合う舌に、全身が高ぶっていくのを感じた。

「どうした、今夜はずいぶん乱れる」

薄く笑みを浮かべた彼が、愛しさゆえに憎らしい。

――わかっていいて、そんな顔をしないで。

夕刻前に、書斎で触れられた体が疼《うず》く。あれからずっと、彼の愛撫を待ちわびていた。

「それは……」

「それは？　理由を教えてくれ、マリー」

マリーベルに馬乗りになって、デレックが寝間着を脱ぎ捨てる。逞《たくま》しい上半身に、目が釘付けになった。

「ぁ……、だ、だって、ご主人さまが……」

互いに生まれたままの姿で、じっと瞳を交わす。彼の目にはマリーベルが映り、自分の目にはデレックが映っている。ほかのものは、何もない。ただお互いだけを映し出す双眸《そうぼう》。

しかし、彼の目に映っているのが自分に見えて自分ではないと気づき、マリーベルはせつない息を吐く。

そこに映るのは、マリーベル・フォルトナーではないのだ。マリー・ベルズという存在しない女性である。

「俺が？　続きはどうした」

長い指が秘所を弄《まさぐ》る。キスだけで、内腿《うちもも》に伝うほど濡れてしまった体を、マリーベルは恥じらいに震わせた。

「ぁあ、あ、ご主人さま、そこ……っ」

「なんていやらしい表情で俺を誘うんだ。マリー、マリー……！」

焦らしていたはずのデレックが、悔しげに眉根を寄せる。そして彼は、マリーベルの体を慈しむように愛しはじめた。

体中、彼の唇が触れていない場所がない。

キスは雨のようにマリーベルに降り注ぎ、まるで自分がデレックの恋人になったような錯覚に陥る。

「あっ……！　あ、ァ、そこ、駄目ですっ……」

花芽を舌で舐《ねぶ》りながら、彼は蜜口に指を突き入れた。広げられただけで、隘路が期待に打ち震える。ずっと待ち望んでいた。こうして彼にあばかれるのを——

「駄目ではなく、イイだろう？　こんなに滴らせて、もう手のひらまで濡れてしまった」

「ひぅ……、ぁ、ああ、やだ、恥ずかしい……っ」

ぬちゅぬちゅと音を立てて、彼がマリーベルの内部を指腹で撫でた。これまで感じたことのないほどの興奮に、腰が動くのを止められない。

——デレックさまの指に合わせて、ああ、腰が、腰が……

「欲望に素直になれ」

「っっ……、も、もう……」

「もう？」

「デレックさまを……ください……っ」

主を名で呼び、マリーベルは必死に彼を求める。痛痒にも似た疼きが、腰から全身へと広がっていく。触れられてもいない胸の先端が、くびりだされたように屹立していた。

「ああ、それはなかなかいい案だ。マリー、俺をここに挿れてほしいのか？」

「ほしい、ほしいです。ああ、もう、お願いです……っ」

彼がぶるっと身震いしたんがわかる。

マリーベルの痴態に目を細め、デレックは欲望を右手で握りしめた。

「だが、おまえの体はまだ慣れていないだろう？　いくら濡れているからといって、たやすく突き上げては酷だ」

亀頭の先端を蜜口に密着させながら、彼はなかなか腰を進めてくれない。それどころか、柔肉の間《あわい》を切っ先でこすり、マリーベルをいっそう喘がせる。

「やぁ……っん、お願い、お願いです。もう我慢、できな……」

「自分から男を求めて腰を振るとは、マリー、どこでそんなことを覚えてきた？」

本能が、マリーベルの体を弾ませていた。

腰を浮かせて彼の劣情を追いかけ、臀部から媚蜜を滴らせる。シーツはしっとりと濡れ、時折銀色の糸を引いた。

「仕方がない。そんなにほしいなら――」

デレックが、先端を蜜口にちゅっと押しつける。まるでキスをしているようだ。

「自分で呑み込んでごらん」

「……っ、そ、……なこと、できな……」

「できないなら、いつまでも中はおあずけだ」

「ああ、い、イジワルしないでくださぃ……っ」

　イヤイヤと子どものように頭を横に振って、マリーベルは涙声で訴える。それでも、彼は腰を進めてはこなかった。

　先端が入り口にはまったたまま、じっとりと焦らされる。時間だけが過ぎていく感覚に、マリーベルは気づけば自分から右手を伸ばしていた。

「は、ぁ……っ」

　人差し指と中指を大きく広げ、指の股にデレックのものを挟み込む。蜜口からあふれたもので、彼の剛直はぬるりと滑った。

「ああ、ぁ、デレック、さま……っ」

　軽く腰を浮かせ、角度を合わせる。こんなこと、誰にも教わったことがない。それなのに、自然と体が彼を受け入れる方法を知っていた。

　つぷ、と先端が浅瀬にめり込む。おそるおそる腰を動かし、昂《たか》ぶりを蜜路に埋め込んでいく。

　半分ほど入っただろうか。そう思った刹那――

「ひ、あ、ああっ、あぁァ……っ！」

デレックが、勢いよく腰を打ちつけてきた。

——いきなりそんな奥まで……！　駄目、壊れちゃうっ……

寝台の上に膝をつき、マリーベルの腰をつかんだデレックが律動を開始する。

打ちつけられるたびに、最奥が甘い痺れを訴えた。

「奥がイイのか？　突き上げると入り口がひどく……締まるっ……」

ずんっ、と重い衝撃。

マリーベルは両手で頭の下にある枕をつかんでいた。爪を立て、突き上げられる悦びに必死で自分を保とうとする。

「ここだ。マリー、ここを穿たれたいのだろう？」

子宮口に切っ先を合わせ、彼はぐりぐりと腰を回した。体の深い部分に円を描かれるような動きが、マリーベルの理性を砕いてしまう。

「そこ……っ……、あ、ああ、そこを打ちつけられると、もう、わたし……っ」

「初めてのときより、中が柔らかくなっているな。俺の形をもう覚えたか？」

「ああ、ァ、ご主人さま、すごい……っ」

どちらからともなく腰の動きを合わせ、ふたりは獣のように快楽を貪る。飛び散る蜜がシーツにいくつもしみを落とし、合わせた肌は汗で湿っていた。

「まだ、こんなものではないぞ」

黒髪をかき上げて、デレックが不敵に笑う。

「俺の本気を知りたいか？」

「お、しえて、くださぃ……っ」

「だが、ここはずいぶんせつなそうだ。小さな体で男を受け入れるのは苦しいのではないか？」

みっしりと押し広げられた蜜口を、デレックが指先でなぞった。つながる部分を意識させられて、マリーベルはビクビクと肩を震わせる。

「平気……です、だから、もっと……」

「ふむ、まだ平気と言ったな？」

デレックが片頬にあやしげな笑みを浮かべる。

そして、次の瞬間。

「きゃあっ……!?」

ぐるりと天地が入れ替わった。なんのことはない。デレックがマリーベルを抱きしめたまま、寝返りを打ったのだ。ただし、ふたりの体はつながったままだからたまったものではない。

——や、駄目！　さっきまでと違うところに当たって……！

背筋をぞくぞくと駆け上がる甘い快楽に、マリーベルは身震いをひとつ。

そして、ゆっくりと目を開けると普段と逆の位置に互いがいる。

「ご主人さま、これは……？」

「いつも思っていた。おまえのきれいな髪が、寝台に押しつけられているのはもったいないとな」

長い金髪が、マリーベルの華奢な背中を覆っている。それをひと房梳《す》いて、デレックが微笑む。

彼の腰を跨《また》いだ格好に、気恥ずかしさを覚えた。しかし、劣情を受け入れたままの体では脚を閉じることもできない。

「さあ、次は俺の上で踊って見せてくれ」

「そんな、で、できませんっ！」

「できるだろう？　マリー、さあこちらに手を」

彼に導かれ、逞しい胸筋に両手をあずける。わずかに前傾姿勢になったことで、乳房がいやらしく揺れるのがわかった。

「こんな……だ、駄目……っ」

彼に突き上げられるのではなく、マリーベルがデレックを襲っているような格好だ。

蜜に濡れた雄槍の根元が、互いのつながる部分から見えている。

「そのまま、腰を前後に揺らすんだ。さあ、こんなふうに」

大きな手が左右からマリーベルの腰をつかみ、花芽を彼の鼠径部に擦りつけるように揺らし

た。

「あっ……！　あ、ぁ、いやぁ……んっ！」

「嫌と言いながら、いい声だ」

デレックの誘導により動き出した腰は、さらなる快楽を求めて次第に速度を上げていく。自分から腰を振って彼を求めているだなんて、とても信じられない。けれど、彼に打ちつけられるときとはまた異なる快感がマリーベルの蜜路を支配していった。

――こんな恥ずかしいこと……！　ああ、駄目なのに。どうしてやめられないの？

夢中になって貪る佚楽《いつらく》は、感じれば感じるほどもっとほしくなる類《たぐい》の危険なものだ。わかっていても、始まってしまった悦びを終えることはできない。何度も何度も腰を揺らし、マリーベルは膝に力を込めた。高まる快感に隘路が狭まれば、デレックの脈打つ楔をいっそう強く感じてしまう。

「マリー、そんなに締めていけない子だ。俺を搾り取りたいのか？」

「そ……っ、あ、あ、違っ……、わたし……」

泣き声に似たあえぎをもらし、マリーベルはデレックの与える愉悦に堕《お》ちていく。

「違うの、違うのに……ああ、駄目、動くのやめられない……っ」

「は……っ、そんなかわいいことを言って、俺を困らせるつもりだな」

太い根元がゴリゴリと浅瀬を擦る。同時に膨らんだ切っ先は、子宮口を突いていた。

今にも意識が飛んでしまいそうな快楽の中、マリーベルは白い喉をそらして天井を仰ぎ見た。

――ああ、おかしくなっちゃう……！

「もう少しというところか」

下からデレックの声が聞こえた。だが、彼が何を考えているのかはわからない。

――もう少し？　何が……？

刹那、それまでとは段違いの激しい刺激が全身を襲った。

「あっ、あ、ああっ……！」

「マリー、このまま達する顔を見せてもらうぞ」

「い、嫌です。こんな……っ、ひ、あああっ……」

デレックは、最初に動きを導いたときと同じく左右の手で腰をしっかりとつかんでいる。先刻と違うのは、彼がマリーベルの腰を動かしているのではなく、自身の腰を突き上げてきていること。

敏感になった粘膜を激しく責め立て、彼の昂りが幾度も幾度もマリーベルの最奥に襲いかかってくる。

ズンズンと突き上げられているのに痛みはない。それどころか、奥を抉られるたびに胃の下あたりに言葉にできないせつなさが膨れ上がっていく。

「や……っ、あ、ああっ、おかしく……なるぅ……っ」

白い裸体をくねらせて、マリーベルは泣き声をあげる。

「そうだ。俺に抱かれておかしくなればいい。俺のことしか考えられないだろう？」

「ご主人さ……あ、ああっ」

ずっと、彼のことしか考えられなかった。

初めて会った日から、デレックだけを想い続けてきた日々。

憧れの侯爵に近づけただけで嬉しかったはずなのに、彼を知るほどいっそう欲しがりになる。

抱かれてからはなおさら、デレックを好きになっていく。

——わたしの全部で、デレックさまを愛したい。もっと、もっと……！

「ああ、なんてかわいい侍女だ。誰にもやるものか。俺が女にした。おまえは俺だけの女だ」

強い独占欲をむき出しにするデレックの言葉が、心まで彼で満たしていく。

体も心もすべてを奪われ、マリーベルには抗う術《すべ》などありはしない。

「ああ、あっ、気持ちぃ……っ……」

これまでにないほど、淫路が収斂するのを感じた。

「俺もだ。こんなに俺をほしがる体では、抗いようがない……っ」

押し開くように律動する怒張が、脈を打つ。密着した敏感な器官が、どちらの震えかわからないかすかな痙攣を感じた次の瞬間——

「あ、あっ、ああ……っ！」

体中がびくんびくんと激しく跳ねる。

彼を咥える蜜口が、その逞しい楔を食いちぎらんばかりに引き絞られた。

「っ……く！　ああ、マリー……！」

その最中にも、彼は腰を打ちつけてくる。きゅうと狭まった内部を抉り、肉棒は最奥を突き上げた。

「あァ、ぁ、あ、イイ、おかしくなっ……」

がくん、と全身の力が抜ける。閉じたまぶたの裏で、何かが爆《は》ぜるような気がした。

力の抜けた体を、デレックがそっと支えてくれる。

——わたし……、達してしまったの……？

「俺だけのマリー。きみを初めて抱いたのも、初めて女の悦びを教えたのも俺だ。このデレック・エドモンドだ。忘れないでくれ」

耳元で聞こえる優しい声に、マリーベルは何も言えずに小さくうなずいた。

「忘れません、忘れたり……しません……」

「……かわいくて、かわいそうなマリー。人嫌い侯爵と呼ばれる男に抱かれて、忘れないと約束するとはな」

——人嫌い侯爵？

乱れた呼吸を整えながら、デレックの言葉に首を傾げる。だが、彼が誰になんと呼ばれていようとマリーベルの気持ちは変わらない。

たったひとり、特別な人。

「では、続きを」

「えっ……!?」

顔を上げたマリーベルに、彼がにっこりと微笑む。

「俺はまだ達していないが、マリーは自分だけが満足したら終わるつもりだったのか?」

「そんなことは……」

だが、初めて中で達したばかりなのだ。少しは休ませてもらわなければ、きっとおかしくなってしまう。

「それにな」

デレックが、耳元に口を近づけてくる。

吐息が首筋にかかり、マリーベルは全身が総毛立つのを感じた。

「達したばかりのおまえの中は、ひどく蠱惑的だ。こんなに狭まったところを突き上げたら、どんな声で啼《な》いてくれるか——想像するだけで、もう……っ」

言い終えるよりも先に、彼は腰を跳ね上げる。ずぶっと深くまで受け入れて、マリーベルは目を瞠った。

「あぅ……っ!　ゃ、待っ……」

「待たない。待てない」

腰の動きが大きくなり、マリーベルはほどなくして二度目の果てへと追い立てられた。

「ま、また、わたし……っ」

「ああ、何度でも達すればいい。俺も、もう……」

「ん、んぅ、ああァ、ぁ、あ──……」

達した瞬間、蜜路から剛直が抜き取られる。

──いや！　どうして？　離れないで、デレックさま……

蜜でねっとりと濡れたものをデレックが握り、二度三度と幹を扱《こ》く。その直後、切っ先から白濁が迸った。

飛沫《しぶき》はマリーベルの腹部を濡らし、つう、と太腿へたれていく。

それを涙目で見つめて、マリーベルは悟った。

彼は快楽を共有する気はあれど、子を授けてくれるつもりはないのだ、と──

第四章　侯爵と花嫁

「五日後、ご主人さまは領地へお戻りになります」

その日は、唐突にやってきた。

終わりを告げる老執事の声に、マリーベルは血の気を失う。隣に立つジョスリンが、そっと背に手を回して支えてくれた。

「ご主人さまより、ふたりとも侍女として本邸で正式に雇用したいとのありがたいご提案がありました。ジョスリン、マリー、フォルトナー氏から紹介状を書いてもらうことはできますか？」

ジョスリンは、希望すれば今後もナイトレイ侯爵のもとで働くことができる。今までずっとマリーベルに尽くしてくれた侍女だ。マリーベルが結婚して家を出るとなれば、父もジョスリンが暇《いとま》を願い出でれば紹介状を書いてくれることだろう。

——だけど、わたしは違うわ。デレックさまの領地へ赴くことはできない。

「お申し出、たいへん嬉しゅうございます」

ジョスリンがそう言って頭を下げた。

「ですが、少し考えさせていただいてもよろしいでしょうか？」

「無論です」

アゾルが去ったあと、ジョスリンはマリーベルの顔を覗き込んで口を開く。

「マリー、いいえ、マリーベルさま」

「どうしたの、ジョスリン？」

「マリーベルさまはわたしを友人と言ってくださいますが、実際には一介の侍女に過ぎません。そんな身で申しあげるのは差し出がましいと存じています」

普段なら、耳に痛いことも平気で指摘してくるジョスリンが、今日はひどく真剣な表情で告げる。

「このまま、ほかの殿方と結婚することになってもよろしいのですか？」

「っ……、それは……」

よろしいわけがない。そんなこと、お互いにわかっている。

しかし同時に、ジョスリンはマリーベルの性格も把握していた。

「純潔を捧げてしまわれたのでしょう？　それでお父上のためにほかの殿方と結婚するなど、ほんとうにできるのですか？」

重ねられた質問は、心の中心を抉っていく。

ジョスリンの言うとおりだ。自分でも行動の矛盾に葛藤がないわけではない。

目をそらしていた。

気づかないふりをしていた。

そうでなければ、この一カ月の自分を肯定できなくなってしまう。

「……できるできないではないの。わたしは、そうしなければいけないんだもの」

精いっぱいの笑顔で、マリーベルは侍女を見つめた。

「デレックさまは、わたしがどこの誰なのか知らないわ。知っていたら、もしかして敬遠されるかもしれない。だってお父さまは、貴族を相手に金貸しのようなこともなさっているでしょう?」

ナイトレイ侯爵家は、金銭的に困窮しているようには見えない。むしろ、別邸の豪華さから考えるに、潤沢な資産のある家柄に思える。

だが、だからといってフォルトナー商会に嫌悪感を持っていないとは限らないのだ。

――それに、わたしが初めてだったと知っただけであんなに優しくしてくださる方ですもの。フォルトナーの娘だと知れば、いっそう捨て置けないとお考えになるかもしれない。

自分が愛のない結婚をすることには諦めがついていても、デレックの人生を縛る真似《まね》はしたくなかった。せめて彼には幸せでいてほしい。

「わたしは、ちゃんと幸せよ。叶わないはずだったのに、心から恋した人と結ばれたんですもの。これ以上を望んだりしない。父や兄を困らせるわけにはいかないわ」

「……マリーベルさま」

空気が湿っぽいのは、マリーベルの両目から涙があふれているせいだった。頬をはらはらと伝う涙が、ドレスの襟元にこぼれていく。デレックの買ってくれたブローチが濡れてしまうのを、マリーベルはそっと拭った。

「さあ、今日もがんばらなくてはね。午後は、ご主人さまの外出に同行させていただくの。サロンで音楽会を催すらしいわ」

着飾って貴婦人として同行する案が一度は出ていたが、嘘をついて問題が起こったときにマリーが困った立ち場になる、とメリンダがデレックに忠言してくれた。話を聞けば、侍女が馬車で同行するのは、さしておかしいことではないという。

結局、マリーベルはいつもの侍女姿でインディガー子爵の別邸へ出かけることになった。

――これが、最後かもしれない。

残されたわずかな時間を、少しでもデレックと一緒に過ごしたい。その願いを叶えてくれる彼に、心から感謝する。

とはいえ、デレックにとっては異母妹であるメリンダの息子を取り戻すための交渉の席でもあるのだ。

胸元のブローチを指で撫でて、マリーベルは顔を上げる。

「まずは中庭の掃除をしなくてはね」

「ええ、そうですね」

言葉少なにジョスリンが見送ってくれる。

今は、何も言わないでほしい。

たとえ自分のしていることが過ちであっても、マリーベルにはこれを正すことができないのだ。

彼への愛情を、どうやっても消すことができない限り――

† † †

人嫌い侯爵と噂されている。そう聞いていた。昨晩、デレック自身がそう言ったはずだ。

だが、マリーベルの目に映るナイトレイ侯爵は、どこからどう見てもそんな噂の立つ人物ではなかった。

そして、サロンにおいても彼は人嫌いどころか、多くの女性たちから囲まれている。

「まあ、ナイトレイ侯爵ったらおじょうず」

「わたくし、以前に先代の侯爵からデレックさまがたいそう音楽を好んでいらっしゃると聞いておりましたのよ。それなのに、なかなかサロンにもお顔を見せてくださらないんですもの」

「あら、それでしたらわたくしだって……」

今日ばかりは、デレックの仏頂面が復活してくれることを願ってしまう。

マリーベルと過ごし、安眠できるようになり、彼は変わった。だが、あの笑顔は誰にも見せたくない。

――わたしったら、なんてずうずうしいことを思っているのかしら。デレックさまはわたしのものではないわ。それに、わたしたちにはなんの約束もない。

心のうちにある独占欲に気づき、マリーベルは己の貪欲さを恥じた。

最初はただひと目会いたくて、せめてもう一度あの笑顔を見たくて、それだけだった。

「……どんどんよくばりになってしまうわ」

馬車のそばでぼんやりと空を見上げ、マリーベルはひとりごちる。

彼といられるのなら、この先どんな苦難があってもかまわない。一緒にいたい。こうしてずっと侍女の身分でもいいとさえ思う。マリーベル・フォルトナーの名を捨て、ほんとうにマリー・ベルズになる手段はないものか。

――駄目ね。そんなことを言い出したら、さすがのジョスリンも反対するに決まっているもの。

これは、結婚前の最後の冒険。

結婚後は自由のなくなるだろうマリーベルに同情し、ジョスリンが手を貸してくれた。終わりが決まっているからこそ、許された猶予期間のようなもの。

けれど、触れれば求めてしまう。見つめあえばくちづけたくなる。抱かれれば抱かれるほどに、彼のぬくもりを失うのが恐ろしくなっていく。

「ご婦人がた、本日は楽しい時間をありがとう。私はこのあたりで失礼する」

口調こそ丁寧だが、再会したときと同じ不機嫌そうなデレックを見て、マリーベルは胸が痛くなった。

彼の前からマリーの姿がなくなるそのとき、デレックは少しでも寂しいと思ってくれるのだろうか。

寝台にいるときの甘い言葉は信じてはいけない、それは睦言《むつごと》でしかない、とジョスリンは言った。ならばデレックがマリーベルのことを「俺の女だ」と言うのも同じなのだろう。

この関係に、約束は何もない。そして、この先もマリーベルはデレックと未来の約束をすることはできないのだから。

ふう、と長く細い息を吐いたとき。

突然、こちらに向かってぶんぶんと大きく手を振る男性の姿が見えた。

「……？」

怪訝に思って目を凝らせば、そこには見覚えのある男性が立っている。

――バリー？　バリー・クウェイフ!?　なぜ彼がこんなところに……

「やあ、マリーベル。久しぶりじゃないか。屋敷からほとんど外に出ないきみが、まったくどうしてこんなところにいるんだい？」

駆け寄ってきたバリーは、兄セオドアの友人だ。

「そちらこそ、なぜ王都に？」

「オレは王立騎士団に入団したからさ。ほら、どう？　この団員服、似合ってるだろ？」

一張羅を見せびらかす子どものような所作だが、彼は兄と同い年だから二十一歳のはずだ。

「……あの、悪いのだけどわたしは事情があってここにいるの。王都で会ったことは兄には言わないでくれる？」

「事情って何？　まさか家出じゃな……モガッ？」

マリーベルは、両手を伸ばしてバリーの口を塞ぐ。乱暴な行為だとわかっていたが、これ以上余計なことを言われてデレックに聞こえては困る。

「事情は事情よ。それ以上でも以下でもないし、あなたには関係ないの、バリー。首を突っ込むなら、あなたがセオドアに借金していたことをお宅のお父さまにご報告しようかしら。それとも、お母さまのほうがよろしい？」

これ以上ないほどの早口でそう言ったマリーベルに、バリーが目を白黒させながらかろうじて頷く。

彼の両親は、生真面目で厳粛な人たちだ。息子が借金をしたなんて聞けば、その怒りは想像に易《やす》い。

「そう、よかったわ。わたしとしても兄の友人をつらい目に合わせたくはないもの」

「あ、ああ。うん、そうだね。じゃあオレはこれで……」

好奇心を押し殺してそそくさと去っていくバリーの背を見送り、マリーベルは嘆息する。

――王都で知り合いに会う可能性をすっかり忘れていたわ。侍女生活に馴染みすぎてしまったのね。

いっそのことほんとうにマリー・ベルズになれたらどんなにいいだろう。

けれど、それはかなわない夢だ。

――さあ、気持ちを切り替えて。わたしはマリー。マリー・ベルズ。

「おかえりなさいませ、ご主人さま」

マリーベルはデレックに微笑みかける。

この先、何度彼におかえりと言えるだろう。残された時間には限りがある。

「……今のは誰だ？」

「通りすがりの騎士さまです」

嘘は言っていない。バリーは騎士団員であり、ここを通りがかったに過ぎないのだ。

「俺には、旧知の仲のように見えたが？」

鋭いまなざしがマリーベルを射貫く。

アイスブルーの瞳は、冷たくきらめいていた。

「そっ……それよりも、メリンダさまの件はどうなったのでしょうか？　ご令息と離れ離れだなんて、あまりにメリンダさまがおかわいそうです」

露骨な話題そらしに、デレックが気づかぬはずがないのだ。マリーベルは、彼が何も言わずに馬車に乗り込むのを見て、ああ、と小さく息を吐いた。

もうこれ以上、彼に嘘をつきたくない。

だが、バリーが兄の友人だと言えば、そこから身分を突き止められてしまう可能性がある。

――どうせ、あと五日もしたらデレックさまには会えなくなる。ここでもうひとつだけ、嘘をつくことだってできなくはないのに。

頭ではわかっている。

追いつかない心を、マリーベルは必死に追い立てる。

デレックに続いて馬車に乗り込むと、彼は不機嫌そうに窓の外に目を向けていた。

「……兄の友人です」

考えるよりも先に、声が出る。

残り五日しかないのだからこそ、マリーベルはデレックに誠実でありたい。もう嘘は必要なかった。

「おまえには、兄がいるのか？」

動き始めた馬車の中で、彼が珍しく驚いたような顔をする。

それを見て、マリーベルは泣きたくなった。

この人の、もっと違う表情をすべて見てみたい。けれど自分にはもう時間がないのだ。

大好きで。

大好きだから、ここまで無茶《むちゃ》をしてこれた。

だが、大好きだからこそ、ここが自分の限界だと感じる。

——これ以上は、ただのわがままになってしまうもの。デレックさまに迷惑をかけずに、お暇をいただくかたちでさよならしなければ。

呼吸を整え、マリーベルはデレックをまっすぐに見つめた。

「はい。四歳上で、今年二十一歳の兄がおります。先ほどの騎士さまは、兄と親しくしていたため、以前からよく家に遊びにいらしていて顔を合わせました」

嘘はなかった。

「ですが、騎士になられたことは知らなかったので、急に王都で顔見知りに声をかけられて驚きました。わたしは、その……侍女の仕事をしていることを家族に明かしていないため、あまり自分の事情を知られたくなかったんです」

これも事実だ。

新しい嘘をつかずに済んだと、マリーベルはほっと息を吐く。

「相手は驚いたというより、おまえに会えて嬉しそうに見えたが」

「それはどうでしょうか。もとより兄の友人とさほど親しいわけではありませんので——」

言い終えるより前に、ドン、と馬車が揺れた。何が起こったのかわからず、マリーベルはデレックの胸に飛び込む。

「……マリー？」

「ば、馬車が揺れて……申し訳ありません」

車輪が大きな石にでも乗り上げたのだろうか。とっさのことに、冷静さを失ってしまった。

「怖かったのか？」

大きな手が頭を撫でてくれる。

マリーベルは素直にうなずいた。けれど、自分からデレックに抱きつくなんて、そうあることではない。

——デレックさまの香り、覚えておきたい。涼やかで甘い、不思議な香りだわ。

一瞬の恐怖が去ってからも、マリーベルは彼の胸にしがみついていた。顔を上げるタイミングがわからなくなったというのも理由のひとつだが。

——だけど、これでもう終わりにできる。大切な思い出をたくさんいただいたわ。ありがとう、さようなら、デレックさま。わたしのご主人さま……

別邸に戻ると、マリーベルはアゾルに本邸での採用を辞退する旨伝えた。老執事は詮索することなしに、次の職場を探す上でナイトレイ侯爵の紹介状がと問うた。

「いえ、今後は仕事に就く予定はありませんので、紹介状はけっこうです。短い間でしたが、お世話になりました」

「そうですか。ジョスリンからも先刻辞退の返事をもらったところです」

――ジョスリンも、戻るつもりなのね。

ほっと胸を撫でおろし、マリーベルは仕事に戻った。

夕刻を過ぎ、使用人たちと食事を終えたところにアゾルがやってきた。彼は、ほかの使用人と食事をともにすることはない。

「マリー、ご主人さまがお呼びです」

「はい」

椅子から立ち上がったものの、眠るには早い時間だ。マリーベルは小さく首を傾げる。

とりいそぎ、アゾルのそばまで歩いていくと彼女は執事を見上げた。

「どちらにいらっしゃるのでしょうか？」

「浴室です」

「よ……浴室、ですか⁉」

思わず声が大きくなりそうなのを、かろうじてこらえる。

すると、アゾルがマリーベルを廊下に出るよう手招きした。

――何か、特別なご事情があるのかしら。

老執事について廊下へ出ると、彼は周囲を軽く見回した。誰もいないのを確認したようだった。

「ご主人さまからは、あなたに報奨を支払うよう承っています。報奨の理由について、私が口を挟むつもりはありません」

かあっと頬が熱くなる。

たしかに、マリーベルはデレックからそういう申し出をされていた。金銭については断ったつもりでいたものの、彼はアゾルに賃金の上乗せをするよう言っていたのか。

「あ、あの、それについては……」

言いかけたマリーベルに右手のひらを向け、アゾルが言葉を遮った。

「ここへ来て日が浅いあなたは知らないかと思いますが、ご主人さまはかつてお父上の女性問題でおつらい思いをされた経験がおありです」

「え……？」

一瞬戸惑ったものの、街の女との間に異母妹がいるということは、デレックの父親が妻以外の女性と関係を持ったということにほかならない。

「お父上が亡くなられたあと、関係のあった女性がデレックさまのもとへ何人も訪れました。

金銭的な援助を求める者や、遺品を欲する者、さらにはお父上に代わってデレックさまに関係を迫る者もあったと聞いております」

「それは、いつごろのお話なのでしょうか……?」

「先の侯爵さまがお亡くなりになったのは、今から六年前のことです」

マリーベルが出会ったデレックは、父である侯爵の名代として弔問に来ていた。すでにそのころ、彼の父親は病に臥《ふ》していたのだ。

——では、デレックさまが笑わなくなられたのも……

「お父上がご存命のころ、ご主人さまはたいそう温厚で朗らかな青年でした。使用人相手に笑い話をしたり、同世代のご友人と遠乗りに出かけたり、社交的な方だったのです」

「そう……だったのですね」

「それが、お父上の件が発覚して以降は、人間を——主に女性を特に嫌悪され、持ち込まれるご縁談もすべて断り、孤独な日々を送ってこられました。そこにあなたが現れた」

耳のうしろが、ぞくりとする。

彼の抱えていた苦悩と他者への不信。それは、デレックの父によって与えられたものだった。だとすれば、不眠も同じ理由なのかもしれない。孤独を抱え、人嫌い侯爵と呼ばれ、ひとりで過ごす長い夜。

「わたしは、どうすればいいのでしょうか?」

思わずアゾルに詰め寄りそうになりつつも、すんでのところでつま先に力を込める。

「私にわかることは、今申しあげた限りです。お若い方たちの未来は、ご自身でおつかみになりなさい」

そう言って、アゾルは静かに笑む。

どうすべきかなどわからないのに、心が逸るのを止められない。

「……今はとりいそぎ、浴室へ行きます。また何かあったら、相談させていただいても……？」

「ええ、老体に蓄えたささやかな知恵と経験が役立つならばいつでも」

「ありがとうございます！」

マリーベルは、ぱっと花開いたような笑顔になり、一礼してから廊下を早足で歩き出す。

「――さて、フォルトナーのお嬢さまは我が主人の心を開くことができるのでしょうかね」

残されたアゾルが、小さくひとりごちた。

その言葉を聞く者は、誰もいない――

――浴室でお待ちだなんて、何があったのかしら。

マリーベルは、急いで階段を駆け下りる。

風呂の準備は男性の使用人がこなしているはずだが、ほかに何か問題があるのか。デレックは着替えをひとりで済ませるし、入浴時に使用人の手を求めることもない。

いつもと違う主人の求めに、マリーベルは少しだけ緊張しながら浴室へ向かった。

「失礼します、ご主人さま」

「遅かったな、マリー」

声をかけると同時に、浴室の手前にあるパーティションがよけられる。入浴中なのだから当然だが、全裸のデレックがそこにいた。

——な……何？　いきなり、どういうことなの⁉

目をそらす彼女の手を、デレックが強引に引き寄せた。

「ご主人さまがお呼びと聞きましたが、あの、わたしは何を……」

「俺が寂しくないよう、そばにいてくれればいい」

言葉は甘えん坊の子どものようだが、口調はひどく乾いている。彼は低く冷たい声でそう言うと、仕事着のマリーベルを浴槽の中に引き入れた。

「きゃあ！」

湯が跳ね、ドレスは重く湿っていく。

ふたりで入ることを想定されていない浴槽は、縁からお湯が溢《あふ》れ出《だ》した。

——どうして、こんなことを……？　もしかして、バリーと話していたことをまだ誤解していらっしゃるのかしら。

「……アゾルから聞いた」

「え……？」

「本邸での仕事を断ったそうだな」

お湯の中にいるのに、すうっと血の気が引く気がした。

背後から抱きしめられ、マリーベルの耳元に彼の声が響く。胸が痛くなるような、ひどくせつない声だった。

「なぜだ」

「なぜって、それは……」

——言えない。だって、わたしは……

ほかの男性と結婚することが決まっている。

そう告げたら、たとえ愛のない関係であってもデレックは不快に思うかもしれない。いや、アゾルから彼の過去を聞いた今だからこそわかる。デレックは裏切られたと思うのではないだろうか。

最初から、縁談は決まっていた。

それを隠し、身分を偽り、使用人としてデレックのもとに侍《はべ》ったのはマリーベルの身勝手である。

——これ以上、デレックさまが人間不信になるのなんて耐えられないわ。

「……答えないのか？」

「仕事に不満があるわけではありません。わたしの家庭の事情です」

「家庭の事情、か」

ふ、と彼は鼻で笑う。

抱きしめてくる腕に力がこもった。

「痛っ……、ご主人さま、腕を……」

「その家庭の事情とやらは、今日のあの騎士に再会したことに起因するのだろう？　おまえは、あの男と会って俺のもとから去ると決めたのではないか？」

思いも寄らない言葉に、マリーベルは目を瞠る。

「そんなこと、ありません」

「ではなぜ、あの男をただの通りすがりのように、見も知らぬ相手のように俺に言った！」

実際、マリーベルはバリーのことなどすっかり忘れていた。彼が騎士団に入団したことも、実家にいるときに耳にした気がする。それすら記憶にないくらい、マリーベルにとってどうでもいい相手だった。

「親しくもない男とあんなふうに接するなら、マリーにとっては俺もただの雇い主でしかないのか？」

「それは……」

「違うというのなら、説明してもらおう」

背後からしっかりと抱きしめられ、マリーベルは逃げることもかなわない。

――逃げられるとしても、この格好でどこへ逃げればいいのかしらね。

「彼は――バリーは、ほんとうに兄の友人です。わたしはあまり外へは出ませんでしたから、顔見知り程度でした。そこに偽りはありません」

「外へは出ない？　きみは病気でもわずらっていたのか？」

「いえ、その……うちは、父が厳しい人だったのです」

「だとしたら、こうして貴族の屋敷で侍女として働くことは許してもらえているのか？」

いつもとは違う質問攻めのデレックに、マリーベルは戸惑いながら首を横に振った。

――ほんとうのことを言えないにしても、できるだけデレックさまに嘘はつきたくない……

「ジョスリンが協力してくれて、父には内緒で働きに出ています」

「そうか。父上は病に臥せっているのだったな」

ざばっ、と大きな音がして、デレックが体の位置をずらす。

もしかしたら自分は邪魔なのではないか。マリーベルは、彼がくつろげるよう浴槽の反対側へ移動しようとしたのだが――

「逃がさない」

彼は、マリーベルをぐいと引き寄せてドレスのボタンをはずしはじめる。

「や……、ご主人さま、お待ちください」

ここは浴室だ。デレックは着替えの準備もあるだろうが、マリーベルは仕事着を濡らしてしまったため、使用人部屋へ戻るだけでもひと苦労するのが目に見えている。

その上、ドレスを脱がされてしまっては濡れたドレスを着直すことなどできるだろうか。

「待たない。マリー、俺は生まれて初めて嫉妬した」

「え……？」

まさか、デレックが自分相手に嫉妬するはずがない。

「俺のかわいい侍女が、ほかの男と楽しげに話している姿を見て、腸が煮えくり返るかと思った。理由もなくあの騎士に斬りつけたいくらいの衝動だった。その上、おまえは俺のもとから去ろうとしている。理由もろくに言わぬままにな」

「っっ……！　何を……」

それまでボタンをひとつずつはずしていた手が、ひと息にドレスを引き裂く。

「どこにも行かせない。俺から離れていこうとするなら、遠慮はやめる」

これから起こる予兆に、マリーベルの肌が敏感になっていく。

――離さないで。ずっと抱きしめていてほしい。

「ここに――」

デレックは、つるりと平たいマリーベルの下腹部を撫でる。濡れた下着越しの指先に、腰がぴくんと揺らいだ。

「ここに、俺の子種を注いでやろう。そうすれば、逃げられなくなる」

「ご、ご冗談はおやめください……っ」

昏《くら》い声には、彼の女性への不信感が込められている気がする。

マリーベル――マリーに執着しているのではない。彼を裏切ろうとする女への怒りだ。それは、父の愛人たちへ向けた感情と同じだったのかもしれない。

「俺はいつでも本気だ。どうすれば、マリーが逃げられなくなるかくらい知っている。この愛らしい体のどこがどう感じるかも、すべて」

むき出しになった乳房を、デレックがゆっくりと下から持ち上げた。湯の上まで来ると、たぷんと音を立てて膨らみが離される。そのときに、彼の手のひらを乳房が滑り、先端を甘く刺激された。

「んっ……」

「どうした？　この程度で甘い声をもらしたりして。マリーはずいぶんといやらしい子になったのだな。つい先日まで、男を受け入れたこともなかったくせに」

その言葉で、彼を受け入れた記憶が隘路によみがえってくる。

粘膜を強く押し広げられ、激しく突き立てられる楔。デレックのせつなげで情熱的な息遣い。

そして、達する瞬間の得も言われぬ恍惚《こうこつ》――

マリーベルの体は、彼の剛直を締めつける悦びを知ってしまった。もう戻れない。彼を知る前の自分には、戻ることができない。

ふいに、軽く腰が浮かされた。乱れた着衣が濡れて体にまとわりつく。マリーベルが体勢を直そうとしたとき、それは唐突に体にめり込んできた。

「ひっ……、ハっ……、あ、ご主人さま……っ……？」

激しく昂ぶる怒張は、まだ濡れかけたばかりの蜜路にその身をねじ込んでくる。

彼によって慣らされた体は、すぐに劣情を受け入れ始めた。

「もうこんなに濡れていたのか？　中が熱くなっているぞ」

「や……っ、違……っあああ！」

ぐいと腰を押しつけられ、背が弓のようにしなる。太い根元を咥えこんだ蜜口は、せつなさと快楽に打ち震えていた。

「相変わらず、狭いな。だが、今夜はおまえが怯えても泣いても、やめるわけにはいかない。ここに俺のすべてを注いで、おまえを孕ませてやる……っ」

湯の中で、彼が腰を突き上げる。

何度も何度も、激しく襲いかかる情動。マリーベルは逃げることもできずに、デレックを受け入れていた。

「ああ、ぁ、もう、お許しください……っ」

「駄目だ。マリー、俺から逃げようだなんて許さない。おまえは俺の女だろう？　俺が抱いて女にした。俺だけの……」

熱に浮かされたような声、水面に絶え間なく広がる波紋、そして怒りをにじませる彼の劣情。

――ああ、どうしたらいいの？　この快楽から、わたしは逃げられない。いいえ、逃げたくない。ずっとデレックさまと一緒にいたい……！

首筋に噛みつくようなキスをして、デレックがいっそう腰の動きを速めていく。加速する悦楽に、マリーベルは脚を閉じる。すると、彼を締めつける粘膜がさらにその形を詳細に感じるようになった。

「ああ、ァ、駄目……っ、わたし、わたし、もう……」

「どうした？　こんなに無理やりされても、おまえは達してしまうのか？」

「ご主人さま、お願いです……っ」

乳房を鷲掴《わしづか》みにされ、許すまいとばかりにデレックの雄槍がマリーベルに突き立つ。耳をふさぎたくなるようなみだらな音を立てて、湯の中で隘路を犯し尽くすその劣情が先端を破裂せんばかりに膨らませた。

「く……っ、ああ、マリー。俺に犯されて達してしまえ。俺も、もう――」

「いや、いやぁ……っ、こんなに気持ちいいの、駄目です……っ」

ガクガクと腰が震えていた。あるいは、自分から彼のものをもっと感じようとして、腰を振っていたのかもしれない。

「ああ、マリー、マリー……！」

「ご主人さま、あ、ァ、あああっ……！」

火照った肌に彼の指が食い込んだ。

最奥に、それまで感じたことのない熱い射精を受け止める。

「これが……ご主人さまの……？」

脈を打つ雄槍は、今なお力を失ってはいなかった。

「一度では足りないか。では、二度、三度と抱いてやる。おまえが孕むまで。俺から逃げないと誓うまで――」

終わったはずの行為は、休むことなく続けて開始される。

マリーベルは愛する男に抱かれながら、彼の腕の中で目を閉じた。

このまま、時間が止まってしまえばいいのに、と叶わぬ願いを口にして――

† † †

濡れた髪をかき上げて、デレックは小さくため息をこぼした。

――なぜ、こんなことをしてしまった。

自分に対し、嫌気がさす。

力でねじ伏せて女性を意のままにしようだなんて、卑しい行為にほかならない。ましてや、相手は無垢な十七歳の少女だ。自分より十歳以上も幼い彼女に、劣情を受け入れさせた。

「マリー、すまない」

今、彼女はデレックの寝台で静かな寝息を立てている。

浴室で抱きつくした結果、彼女は腕の中で意識を失ってしまった。それでもなお、デレックは自身の欲望をおさえきれずに彼女を抱いた。何度果てても、彼女を求める情慾は留まるところを知らない。

破れたドレスを脱がせ、ローブを着せたとき、白く華奢な裸体を前にデレックは息を呑んだ。

こんなにも美しい存在を、自分が穢《けが》してしまったのだと実感した。

――これでは、父と何もかわらない。貴族の皮をかぶった獣でしかないではないか。

だが、胸を突き破りそうな独占欲はいかんともしがたい。何を擲《なげう》っても彼女がほしい。彼女を手放したくない。

独占欲は、愛なのだろうか。

異母妹のメリンダは、子爵の次男と恋仲になり結婚した。かつてのデレックは、なんの約束もないままにメリンダに手を出したアンソニーに対し、嫌悪感を抱いていたはずだった。

父は母という存在がありながら、メリンダの母と関係を持ち、さらに母の死後は複数の女性を囲っていた。もしかしたら、デレックが知らないだけでほかにもきょうだいはいるのかもしれない。

これまで男として、人間として、やってはいけないと認識していたことを、マリーといると制御できなくなる。

しかし、自分は父とは違う。

アンソニーのとった行動は、今にして思えば愛の証明だ。

——マリーを妻に迎え、生涯をともに生きていきたい。

それは、愛情を信じられなくなっていたデレックにとって、初めての感情だった。

「……マリー、どこにも行かないでくれ。俺はおまえが……」

言葉の続きを呑み込んで、デレックは眠る少女のひたいにくちづける。

彼女は小さく体をよじると、眠りの中で微笑んだ。

まだ濡れた金色の髪を、そっと撫でて。

デレックは、幸せそうに目を細めた。

† † †

翌日の昼前に、インディガー子爵家の馬車が訪れた。

マリーベルは、アゾルが淹れてくれた紅茶をメリンダの部屋へ運ぶ途中、その馬車を見て息を呑んだ。

昨日のサロンで、デレックは子爵夫人に交渉をしたのだろう。その成果については聞いていなかったが、馬車からひとりの少年が姿を現したのを見て、こうしてはいられないとワゴンを置き去りにメリンダの部屋へ駆ける。

「メリンダさま、メリンダさまっ！　今、インディガー子爵さまの馬車が……っ」

部屋の扉を開けると、メリンダはマリーベルの言葉にぱっと表情を変えた。

何も言わずに、メリンダが走り出す。

いつも寂しげに窓の外を眺めたり、マリーベルを相手に眠れぬ夜をやり過ごしてきた彼女は、それまでとは違う母の顔をして駆けていく。

「ショーン！」

「お母さまっ！」

石畳に膝をつき、メリンダは愛息を抱きしめた。

「お母さま、泣かないで。ぼくはこれからお母さまと暮らしてもいいんだっておばあさまが言ってました。だから、もう泣かないで」

年齢に似合わずしっかりしたショーンと、泣き声をあげるメリンダの姿に、屋敷の使用人たちは皆目頭を押さえる。

――よかった、メリンダさま。これからは、もう息子さんを思って泣き濡れることはないのね。

その日のうちに、メリンダとショーンにはデレックの領地の屋敷がひとつ贈られた。ほんとうならば、母子は再会を祝ってゆっくりしたいところだろうが、デレックの提案によりすぐさま馬車に乗って、ふたりのための家に移動することになる。

それというのも、インディガー子爵家がまた難癖をつけてショーンを取り上げようとする可能性があるからだ。

「マリー、短い間だったけれどほんとうにありがとう。あなたがいてくれたことに心から感謝するわ」

そう言って、メリンダが馬車に乗り込む。

「お母さまと一緒にいてくれてありがとう。今度は新しいおうちにも遊びにきてね」

素直で愛らしい少年、ショーンがマリーベルに天使の笑顔を見せた。

去っていく馬車を見送って、マリーベルは大きく手を振った。もう二度と会えないだろうことはわかっている。せめて、彼らのこれからが幸せでありますように。心の中で祈りを捧げ、何度も何度も手を振る。

やがて馬車は見えなくなり、王都に夕刻が訪れようとしていた。

それから、半刻ののち――

ナイトトレイ侯爵邸に、またしても馬車がやってきた。いつも来客のない屋敷だが、今日はずいぶん慌ただしい。

蹄音を聞きながら、中庭の掃除に精を出していると、少ししてジョスリンが走ってくる。いつも冷静な侍女が、全速力で走る姿などマリーベルは見たことがなかった。

「まあ、ジョスリン。いったい何があったの？」

「マリー、落ち着いて聞いてください。今、馬車が……」

ぜえぜえと肩で息をして、ジョスリンがひたいの汗を拭う。

「ええ、馬車の音が聞こえていたわ。あれはほんとうに不思議な乗り物よね。自分で歩かなくても移動するだなんて、少し怖いわ」

「そんな場合ではありません！」

のんきなマリーベルに、ジョスリンはキッと目を光らせた。

「今やってきたのは、フォルトナー商会の馬車です。その意味がおわかりですか？」

「……え……？」

フォルトナー商会。それは、父の経営する会社の名前だ。つまり、やってきたのは――

「ご主人さまがいらっしゃっているのです！」

ナイトトレイ侯爵家におけるご主人さまとは意味が違う。ジョスリンの言っているご主人さまは、マリーベルの父親なのだ。

「ええっ、ど、どうしてお父さまが……⁉」

「詳細は不明です。ナイトレイ侯爵に会いに来たと……」

ふたりは顔を見合わせ、無言で小さく頷き合う。

このままにしてはおけない。けれど、相手の手の内を知らなければどうすべきかの判断がつかない。

言葉がなくとも、ふたりの間にはたしかな信頼関係があった。どちらからともなく掃除道具を片付けると、ふたりは連れ立って応接間の窓の外へ。

本来ならば、侍女としてお茶を運ぶ仕事もあっただろう。しかし、ジョスリンもマリーベルも、その仕事をするわけにはいかない。

運んでいったが最後、マリーベルの父に気づかれてしまう。

「――……とは、どういうことですかな！」

窓を薄く開けて、ジョスリンが二度頷いて見せた。室内の声が聞こえてくる。

――やっぱり、間違いなくお父さまだわ。お母さまの葬儀にデレックが来ていたのだから、ナイトレイ侯爵家とお父さまにはつながりがあったということでしょうけれど……

だからといって、今まで一度も父の口からデレックの話題が出たことはない。彼らが知り合いだったとは到底思えなかった。

「いったいなんの話です。不躾だとは思いませんか、ミスターフォルトナー」

「ではははっきりと申しあげましょう。あなたは、縁談がありながら王都の別邸で女性を匿《かくま》っていると聞きました。インディガー子爵夫人から直々に聞いたのですから、言い逃れはできませんよ」

——あら？　女性を匿っているって、それは……

「あなたに弁明する理由はありませんが、一応申しあげておきましょう。インディガー子爵夫人から何を聞いたかは知りませんが、彼女は我が異母妹《いもうと》です。兄として、夫を亡くしたあわれな異母妹をいっとき屋敷に住まわせるのが、それほど問題だとおっしゃるのですか？」

やはり、父が言っている女性というのはメリンダのことにほかならないようだった。

——お父さまったら、いったい何を勘違いしてデレックさまのところに乗り込んできたのかと思ったけれど、少なくともここにわたしがいると知って来たわけではないみたい。

「それよりも、ミスターフォルトナー。私はインディガー子爵夫人に、縁談を受けるとはひと言も申しあげていません。なぜ勝手に婚約の話が進んでいるのか、そちらについて確認したい」

「なっ……なんですと？」

父の驚愕の声と同時に、マリーベルも呼吸ができないほどのショックを受けていた。

——デレックさまが、婚約だなんて！

しかし、隣ではジョスリンが眉根を寄せて何やら思案顔をしている。

「ジョスリン、どうしたらいいの？　デレックさまは、どなたと結婚なさるの？」

すでに涙声のマリーベルに、冷静な侍女が口を開く。

「マリーベルさま、もしや我々は大きな勘違いをしていたのではないでしょうか」

「勘違い？　いったい何を勘違いしていたと――」

「ご主人さまのもとへ縁談を持ち込まれたのはインディガー子爵夫人です。そして、ナイトレイ侯爵に縁談を持ち込んだのも同一人物。また、侯爵に女がいると聞いて慌てたご主人さまのご様子から察すると、つまりは――」

ジョスリンの言葉が終わる前に、デレックの声が聞こえてきた。

「私は、この縁談を受けるわけにはいかない。はっきりとお断りした話だが、今あらためて申しあげます。私には、心に決めた女性がいる。ですので、ミスターフォルトナー、このお話はなかったことに」

それに続き、憤慨した父の声が響く。

「いったいどういうことですか！　どこの令嬢と――」

「いいえ、令嬢ではない。私は彼女の親の顔も知らなければ、実家がどこなのかも知らないのです。しかし、そんな些末《さまつ》なことはどうでもいい。家柄よりも何よりも大切なのは、彼女という存在なのですから」

だんだんと近づいてくる声に、マリーベルの胸は高鳴った。

——デレックさま、それはもしや……ああ、そんなわけがないわ。だけど、もしもわたしの勘違いではなかったら、なんて幸せなことなのでしょう。

「……っ、マリーベルさま、こちらに隠れてくださ——」

ジョスリンの忠告虚《むな》しく、突如として開いた窓に、マリーベルは唖然《あぜん》とした。

そこには、デレックが立っている。それも迷うことなくマリーベルを見つめて。

「マリー、こちらへ」

右手を差し出したデレックに、声も出ない。

「さあ、おまえを客人に紹介するのだから来なさい」

なかば強引に手を握られ、転びそうになりながら応接間へ足を踏み入れる。

「彼女が、我が愛する女性です。彼女以外の女性と結婚だなんて、とても考えられそうにない」

その言葉に、マリーベルと父の声が同時に重なった。

「デレックさま……！」

「マッ……マリーベル⁉　なぜマリーベルがここにいるんだっ」

そして——

マリーベルは、自分の縁談に興味がなさすぎたせいで、相手がどこの誰なのかを知らなかったことに後悔する。

「つまり、もともとわたしはデレックさまと結婚する予定だったということ……？」

インディガー子爵夫人が持ち込んだ縁談の相手は、デレック・エドモンド。若きナイトレイ侯爵だったのだ。

「それでマリーは、俺との結婚から逃げるために俺のもとへやってきたということか」

マリーベルの事情を聞いていたデレックが、渋い表情でそう言う。

「あ、あの、申し訳ありません、ご主人さま」

「許さない」

「えっ……」

彼は胸の前で腕組みし、マリーベルを睨《にら》みつけた次の瞬間。

「俺と結婚してくれなければ、絶対に許さない。マリー、いや、マリーベル・フォルトナー」

デレックは、最高の笑顔で両腕を広げる。

「……はい！　わたしもあなたとしか結婚なんてできません。だから、一生そばにいさせてくださいっ」

飛び込んだ彼の胸は、いつだってマリーベルを受け止めてくれた。

初めて会った日から、ずっと好きだった人。

マリーベルは、初恋の相手からの求婚に笑顔で頷いた。

†　†　†

翌春、美しく青々とした葡萄棚を見下ろす教会で、マリーベルは純白のウエディングドレスをまとっていた。

王都の西に位置するナイトレイ侯爵の領地は、国一番の葡萄の産地だ。

一カ月前からデレックの暮らす本邸に滞在していたマリーベルは、領民たちともすでに顔見知りである。

気さくで好奇心旺盛な領主の花嫁を、誰もがあたたかく迎え入れた。

そして今日。

「生涯、添い遂げることを誓う」

「わたしも、誓います」

ふたりは晴れて、名実ともに夫婦となった。

参列者の中には、メリンダと息子のショーンもいる。メリンダは、マリーベルが実はフォルトナー家の令嬢と知って、最初はかなり恐縮していた。

けれど、デレックとマリーベルの結婚を喜んでくれた中のひとりである。

侍女のジョスリンは、マリーベルの結婚に伴い、ナイトレイ侯爵家に雇われることになった。

老執事のアゾルにいたっては、デレックすらも知らないうちに援護射撃をしてくれていたというのも驚きだった。

彼はジョスリンとマリーベルが働くことになった直後、人を雇ってふたりの素性を調べていたのだという。これにはデレックも言葉を失っていた。

「ご主人さまがマリーベルさまにご執心でいらっしゃるのはすぐにわかりましたので、今後のことも考えておふたりの間に障害となるものがないか、お調べさせていただきました」

温厚な執事はそう言って微笑む。

実は、マリーベルの父が王都の別邸を訪れるよう手を回したのもアゾルだというのだから、誰も彼には敵《かな》わない。


「約束を……」

ウェディングドレスに身を包んだマリーベルは、新婚のふたりのためにバラで飾られた寝台に横たわり、愛する夫の頬に手を伸ばす。

「約束を、あなたとすることができるとは思っていなかったんです」

自分に残された時間はわずかなはずだった。

そして、父の決めた相手に嫁ぎ、デレックのことは一生の思い出として胸に秘めて生きていくことになると覚悟していたのに。

「俺はそれほど不実な男に見えるのか？」

心外だと言いたげに、わざと困った顔をしてデレックがマリーベルを覗き込む。

「だって、わたしには父の決めた相手と結婚する義務がありました。それに、お相手があなただなんて夢にも思わなかったんですもの」

「では、最初からわかっていたらマリーはおとなしく俺のもとに嫁いできたと？」

「……それはもちろん」

初恋の人、ずっと彼を想ってきた。

けれど、デレックはどうだろうか。

もしも仏頂面のままの、侍女マリー・ベルズに出会わなかった彼がマリーベルに出会ったら、結婚を承諾してくれたのか。

「俺は今、自分が人の心を読めるようになったのかと錯覚しそうだ」

「え？　それはどういう意味ですか？」

「きみの考えていることがわかる気がするよ、マリー。侍女ではないきみと出会って、俺が結婚したかどうかを考えていたね」

「っっ……！」

すっかり考えを当てられてしまい、マリーベルは言葉に詰まる。

一方、デレックは楽しそうに笑みを浮かべていた。

「そうだな。きっと、最初はきみのことを煩わしく思っただろう。それに結婚なんてするつもりはないとはねつけたかもしれない。だけど、俺がどんなに自分の殻に閉じこもっていても、きっときみは誰より近くまで来てくれる。そして、侍女としてではなく出会っても、俺はきみに恋をした。それだけは間違いない」

そっと重なる唇が、この恋の成就を告げていた。

「マリーベル・エドモンド。きみは今日から俺の妻だ。もうどこにも行けない。一生俺と生きてくれ」

「……喜んで！」

彼の首に両腕をまわし、マリーベルはぎゅっと抱きつく。

「まったく、ずいぶん積極的な奥さんだ。そういうところもかわいいよ」

「だって、あなたはわたしの初恋の人なんですもの。七年間も想い続けた人と結婚できるなんて、もしかしたらわたし、国一番の幸せ者かもしれませんね」

マリーベルが侍女としてナイトレイ侯爵家に入り込んだ理由は、すでに話してあった。

なにしろ、フォルトナー家の令嬢が使用人になっていただなんて、説明なしに納得してもらえる話ではない。

「……七年前の俺を覚えていてくれてありがとう」

デレックが、新妻の目尻に唇を落とす。

「きみがいてくれたから、俺は自分を取り戻すことができた。これから先、また俺の目が曇ることがあっても、マリー、きみが必ず目を覚まさせてくれ」

「が、がんばります！」

意気込んだマリーベルに、彼は優しく笑いかけた。


寝台には花嫁のヴェールがさざなみを打つ。

その周りで、飾られたバラが花びらを散らしていく。

「ああ、あ、駄目、デレックさま……っ」

正面から抱き合って彼を深く受け入れながら、あまりに高まる快感にマリーベルは泣き声をあげた。

「マリー、マリーベル、きみは今夜から俺の花嫁だ。これまでとは違う愛情を、きみに捧げる」

「違う……愛情……？」

その言葉に、体がいっそう甘く蕩けてしまいそうになる。

こんなに愛されているのに、さらに愛を捧げてもらっていいのだろうか。もうじゅうぶん、マリーベルは幸せだった。

「デレックさま、これ以上なんてなくてもいいんです。わたし、もう幸せです。だから、一度にたくさん幸せになるのが怖い……」

「馬鹿なことを言わないでくれ。これは、俺へのご褒美でもある」

「そ、そうなのですか……?」

つながる部分を指でなぞり、デレックがふっと唇に笑みを浮かべた。

「今夜からは、毎晩存分に愛を注がせてもらうよ」

「え、えっ……?」

「つまりは、」

ぐん、とデレックが腰を突き上げる。

感じきった子宮が、いつもより位置を低くして彼の劣情を待ち構えていた。

「俺の子種をきみの中に注ぐという意味だ。ここまで言えばわかるだろう?」

「う、あ、あの、……わかります」

何度抱かれても、何度愛されても。

マリーベルは含羞に頬を赤く染める。

それでなくとも、浴室で愛されたときの激しさは忘れられない。

――あのときも、デレックさまはわたしの中に……

放たれた白濁の熱さを思い出して、マリーベルはぎゅっと目を閉じた。

「では愛しい花嫁、俺ともう一度誓いのキスを」

「はい、ご主人さま」

「……そこは、旦那さまだろう」

拗《す》ねたようにマリーベルを見下ろし、彼が甘いくちづけを落とす。

「んっ……愛してます、旦那さま……」

「俺もだ。生涯、きみだけを愛すると誓う」

キスが深まるにつれて、デレックの動きも激しくなっていく。

新婚初夜。

幸せなふたりは、心からの愛を交わす。

翌日も、翌週も、翌年も、十年経っても変わらない永遠の愛。

マリーベルは目もくらむような幸せに包まれて、愛する夫のすべてを受け止めた。

エピローグ

「ああ、やっと見つけたよ。フォルトナーのお嬢さん」

二十二歳のデレック・エドモンドは、葬儀の席から姿を消したフォルトナー家の幼い令嬢を探していた。

闇の中で見つけた彼女は、今にも消えてしまいそうなほどに儚い。

母親を亡くす心細さを、デレックもよく知っていた。

「あ、あの……あなたは……」

顔を上げた少女の瞳は、闇夜にもわかるほど鮮やかなエメラルドグリーン。

——これはこれは、ずいぶんと美しい少女だ。あと数年したら、求婚者が押しかけるだろう。

「マリーベルお嬢さんと呼んだほうが、馴染みがあるか？」

「わ、わたしはマリーベル・フォルトナーです。あなたはどこのどなた？」

「俺はデレック・エドモンド。まあ、ナイトレイ侯爵の息子と言ったほうが話が早いだろうが」

「こっ、侯爵さまの……⁉」

「別段、驚くことでもないだろう。父の名代で、本日はフォルトナー家の葬儀に参列したというだけだ」

「……母の、葬儀にご列席くださり、まことにありがとうございま――」

幼いながらも、必死に己を律する少女の姿にデレックはその口を手でふさいでやろうかと思った。

しかし、それではあまりに大人げない。だから彼は、少女を荷物のように脇に抱きかかえる。

「なっ、何をなさるのですかっ」

思ったとおり、少女は怒りをにじませた声をあげた。

悲しみは、ほかの感情を塗りつぶす。その強さに抗うには、よりはっきりとした感情が必要だ。

――怒れよ、お嬢さん。

デレックは、幼い令嬢を見下ろして相好を崩す。

「言いたくないことは、無理にいわなくていい」

これは、かつての自分へ向けて。

母が亡くなったときに、デレックは父から侯爵家の嫡男らしくあることを求められた。

だが、ほんとうにほしかったものは違う。

「母親を喪った子どもが、なぜ礼など言わねばならない？　きみは、まだ十歳にもならないのではないか？」

「……十歳です。だからといって、マリーベルを子ども扱いなさらないでください。これでも、きちんと商家の娘に恥じない教育を……」

「教育？　バカなことを言う。どこの誰が、母親を亡くしたときに泣くななんて教えるんだ。いいか。赤ん坊のしごとは泣くことだ。子どものしごとは遊ぶことだ。そして、大人になるにつれて感情を殺すことを余儀なくされる以前に、泣いて笑って怒って、自分という存在の心をしっかりと知っておかなければいけない」

あの日、彼女は子どもらしく泣いた。

それが今は——

「マリー、マリーベル。まだ終わっていないだろう？」

デレックを深く受け入れ、彼女は快感に涙をこぼす。

「ぁ、ああ、だって、もう達したのに、デレックさまが……」

「何度でもその顔を見せてくれ。きみが達するところを見たい。俺にイカされる姿をずっと見ていたいんだ」

「……イジワルです」

年齢より幼く見える愛らしい顔で、彼女がぷくっと頬を膨らませる。

「そうか？　だったら愛する妻に満足してもらえるよう、もっと尽力しなくてはいけないな」

「え、えっ……？」

達したばかりの彼女を、さらに激しく突き上げた。

「や……っ……、駄目、今は、あ、あっ……！」

「きみに意地悪なんてできるはずがない。俺はマリーを心から愛している。それが伝わっていないのなら、わかってもらえるまで抱く」

「違……っ……」

――違わないさ。きみにだけ、俺はずいぶんと意地悪なことをしたくなるらしい。

愛しい妻を抱きしめて、デレックは強く深く愛を捧げる。

「さあ、まだ夜は長い。愛しているよ、マリーベル。今夜は眠らせない」

「……そ、そういうところが……んっ、んん……」

赤い唇をキスでふさぎ、デレックは力の限り腰を打ちつけた。

ヒクヒクと震える粘膜が彼を搾り取ろうと収斂する。また彼女は果ててしまったらしい。

「デレック、さま……、愛してます。だ、だから……」

「俺も愛しているよ。だから、もっときみを愛したい。わかるね、マリー？」

若き侯爵は、花嫁ににっこりと微笑みかける。
黒髪が顔の横にこぼれ、ふたりのくちづけを隠した。
それは、あの日の夜の帳《とばり》のように——

あとがき

こんにちは、麻生ミカリです。蜜猫文庫では、五冊目のご挨拶になります。

このたびは『ご主人さまはご機嫌ななめ イケメン侯爵と逃亡花嫁の甘ふわ蜜愛♡』を手にとっていただき、ありがとうございます。

なんちゃってメイドなヒロイン、書いてみたいなと思っているうちに数年が過ぎてしまい、今回こうして機会を得ました。お嬢さま、お姫さまのドレスも大好きなのですが、メイド服の魅力にも弱いです。

また、今回書いていて思ったのは、薄水色の目のヒーローが好きなのかな、ということでした。実際に、アイスブルーの目をした海外の俳優さんにはついつい見惚れてしまいます。あの透き通るような繊細な水色、なんて魅力的なんでしょう。

ちなみに本作で、書いていてひそかなお気に入りは老執事のアゾルでした。近年、わりと年齢の高いヒーローを書くことが増えてきたのですが、今回のデレックはぎりぎり二十代。そのせいあってか、おじさま要素（おじいさま要素？）をこっそり忍ばせています。アゾルはできるじいちゃん！

結婚前、わりとヒーローが主導権を握っている本作のカップルですが、作者の予想では結婚後はデレックのほうがマリーベルにデレデレで、彼女のためにあれやこれやしてあげる夫になるのではないかと。

年上の男性が年下の嫁に夢中になって、翻弄されたり面倒を見たり、なんなら傅いたり隷属したりするのが大好きです。デレックは、本人に自覚ないまま翻弄されてるタイプですね（笑）

イラストをご担当くださった、ことね壱花先生。お仕事ご一緒させていただくのはお久しぶりになります。いつもながら愛らしいヒロインと、影のある美しいヒーローのキャラデザ、心よりお礼申しあげます。

三つ編みメイドなマリーベル、とってもかわいかったです！　あと、わたしの性癖の黒髪ロン毛ヒーロー、なんとも危険な香りがする美人顔で最高でした。

ページに余裕がありそうなので、少々近況など。

最近の麻生は、白湯を飲むのにハマっています。もとはむくみ解消の方法を探していたときに知った、朝一番に飲む白湯。椅子に座ってばかりの生活なので、白湯を始めたところすこぶる体調がいい！　白湯ってすごい、と感動しきりです。

朝、一杯の白湯を飲むと体が温まって、午前中の作業時間がいつもより集中できる気がしています。これから寒い季節になりますので、冷え性の方はぜひお試しください。ちなみにダイエット効果もあるそうですが、わたしの体重計では未確認です……。

最後になりましたが、この本を読んでくださったあなたに最大級の感謝を込めて。
この本が発売されるころ、季節はちょうど秋ですね。食欲の秋、スポーツの秋、芸術の秋、そして読書の秋。わたしは秋が大好きです。ネイルもオータムカラーが好き、秋ナス山盛り食べたい、そんな季節。拙著をお手にとっていただき、とても嬉しく思います。あなたの読書の秋に参加させていただけたら光栄です。

またどこかでお会いできる日を願って。それでは。

二〇一九年　月の最初の月曜の夕暮れに　麻生ミカリ

Mitsuneko Label

蜜猫文庫をお買い上げいただきありがとうございます。
この作品を読んでのご意見・ご感想をお聞かせください。
あて先は下記の通りです。

〒102-0072　東京都千代田区飯田橋 2-7-3
(株)竹書房　蜜猫文庫編集部
麻生ミカリ先生 / ことね壱花先生

ご主人さまはご機嫌ななめ
～イケメン侯爵と逃亡花嫁の甘ふわ蜜愛♡～

2019 年 10 月 28 日　初版第 1 刷発行

著　者　麻生ミカリ　

発行者　後藤明信

発行所　株式会社竹書房
〒102-0072 東京都千代田区飯田橋 2-7-3
電話　03(3264) 1576(代表)
03(3234) 6245(編集部)

デザイン　antenna

印刷所　中央精版印刷株式会社

Printed in JAPAN
ISBN978-4-8019-2035-4　C0193
この作品はフィクションです。実在の人物・団体・事件などには関係ありません。

トリニティマリッジ
愛されすぎた花嫁姫
麻生ミカリ
Illustration アオイ冬子
三人一緒だよ。
だから怖くない、ね？
兄たちの死により、王位継承第一位となったことで花婿選びに苦悩するクレア。優秀な軍人であるノエルと頭脳明晰なサディアスは彼女の幼馴染みで有力な候補だったが、二人を大事な友人と思うクレアはどちらも選べない。そんな彼女に彼らは大胆な夜這いをしかけて言う。「オレたちと愛しあって、どちらを夫にするか選んで」二人に優しく愛されて得る至上の悦び。どちらかを選べばどちらかを失うことになることに怯えるクレアは!?

若き皇帝は虜の新妻を溺愛する
麻生ミカリ
Illustration yos
僕のすべてを受け入れて、
僕だけのものになって
継母である王妃に疎まれ、大国ニライヤド帝国に人質として差し出されたエレインは、忍び込んできた美しい少年、シスと知り合い心を交わすようになる。「僕は、何をしても許される立場にある」優しく彼女の唇や肌に触れてくる彼に悦びを覚えつつ思い惑うエレイン。高貴さを漂わせるシスは、恐らく帝国の高位貴族であり自分とは釣り合うまい……だがシスこそがこの帝国の皇帝であり、彼女を正妃にしようとしていると知って⁉

麻生ミカリ
Illustration DUO BRAND.
憧れの聖騎士さまと結婚したらイジワルされつつ溺愛されてます
どうされたいか
素直に言ってごらん
「俺のかわいらしい花嫁。これは夢だ。朝になれば何もかも忘れられる」エランゼの王女エリザベスはずっと憧れていたジョゼモルン国の聖騎士、クリスティアンに求婚される。彼はエリザベスには他に想う相手がいるのだと誤解していて、優しく接してくれるも抱いてくれない。好きな人に嫁いで幸せを感じつつ、複雑な日々を過ごすエリザベス。だがある日を境にいつもと様子の違う夫に淫らなことをされる夢を見るようになって!?

男装姫と絶倫王の激しすぎる蜜夜
すずね凜
Illustration ウエハラ蜂
わかるか、私が君を欲しくて、
こんなに滾っているのを
双子の兄の死を隠すため性別を偽り、王位に就くことになったアレクサンドラ。周囲の手を借りつつ聡明な彼女は滞りなく国を治めていたが、初恋の相手のトラントの国王、ジョスランが国を訪れた際、溢れる思いのままカツラと仮面で変装した女性の姿で彼に会いに行ってしまう。「君が欲しい。君を奪ってもいいだろうか？」お互いに一目で惹かれあい、愛を確かめあった。その後も本当のことを言えぬまま、密かな逢瀬が続くが!?